戦後日本の知識人は時代にどう向き合ったか

丸山、竹内、吉本を中心に

小林弘二

教育評論社

はじめに

敗戦後の知的混迷のなかで、卓越した知識人たちの言動が輝いてみえた時期があった。方向性を見失った国民が、明日への期待を込めて、これらの知識人の言動に注目したのである。戦後の識者たちの発言は、そのほとんどが敗戦直後から一九七〇年代初め頃までに行われている。常識的には期限切れのはずである。ところが突出した一部の知識人たちの言説は今なお注目されており、論著の出版も続いている。これも戦後史ブームの一環であろう。だがこれらの識者たちの思想の再検討が進められているようにはみえない。丸山眞男については比較的クールな評伝が刊行されているが、竹内好、吉本隆明の場合は、今も根強い信者に支えられていて、客観視がきわめて困難な状況にある。そのため偶像視が続き、彼らが広めた幻想も永続化することになる。

どんなに優れた知識人であっても、時代の制約のもとにあることを忘れてはなるまい。「戦後史」という時代は、内外ともに激動、激変の時代であった。若い世代にとっては、情報を集め、想像力を駆使しても、理解は容易でないだろう。識者たちの言動の軌跡をたどり、その言説をチェックして、歴史的役割とその限界を明らかにしなければならない。幻想は、内外の知性の現状に照らして、恣意的な思い込みでないのか、特殊日本現象でないのか、再点検する必要がある。

偶像視と幻想の永続化は、当然ながら、払拭されなければならない。幻想にとらわれていては、明日の日本を見定めることはできない。

最近の内外の知的混迷の度はきわめて深刻である。敗戦後に次ぐ混迷の時代といってよいかもしれない。冷戦の終焉が混迷を深めるきっかけとなったのは皮肉である。今では時代を測る基本軸が失われている観がある。政治家も国民も、右と左、保守と革新の区別がつかなくなっているのではないのか。世界と日本の時代の潮流を見誤り、自分では前進しているつもりなのに、実際には時代に逆行していることに気付かない。そういう現象が目立つ。世界に視野を広げ、世界がどこに向かおうとしているのか、論議を積み重ねる必要があるが、そのためには過去の叡智に学ばなければならず、知の集積と知の共有をはかること、とりあえずはそこからスタートするほかあるまい。

戦後日本の知識人は時代にどう向き合ったか◎目次

第二章　竹内好と中国・アジア問題……87

装幀　クリエイティブ・コンセプト（江森恵子）

序章　戦後史ブームの積み残し

昭和史、戦後史に関する歴史書の出版ブームが続いているようである。歴史書ブームにはいくつかの要因が重なっているのであろう。

その一つは、現在の世相の混迷、先行きの見えないことに対する不安、こうした情況が歴史書への関心を高めているのではなかろうか。日本が、そしてまた世界が、激動期にあることは何となく肌で感じられるものの、その正体がみえない。諸説が飛び交い、混沌と混迷のみが目立つ。自分たちはいったいどこから来て、どこへ向かおうとしているのか、地球化の時代の将来はどうなるのか、人々の意識はおのずと過去に引き寄せられる。

歴史書ブームには読者層もかかわっているであろう。激変の戦後をかいくぐってきた団塊の世代が、仕事人生を終えて、生涯を振り返ろうとしている。自分の生きた時代の歴史を知りたいと思うのはごく自然なこと。戦後史ブームを支えているのはこの世代であろうと察せられる。ただ私よりも十歳以上も若いこの世代は、戦争体験はもちろんのこと、敗戦後の飢餓生活も闇市も知らない。敗戦時の国民の苦難を知るには知識の習得と想像力を要する。歴史書を通じて学ぶことが多々あるに違いない。

旧来の昭和史、戦後史の書とはひと味違った斬新な書の刊行が続いていることも歴史書ブームの一因であろう。すぐれた書き手によるところが大きい。半藤一利、加藤陽子、保阪正康などの執筆者たちである。時代感覚を先取りした観がある。半藤一利『昭和史 戦後編 1945-1989』（平凡社、二〇〇六年、以降略記『昭和史 戦後編』）の場合、文献や情報の収集、解析はもちろんのこと、著者のジャーナリストとしての現場感覚や、自らの生活体験を折り込み、世相を映し出すキャッチフレーズを巧みに利用する、などの手法を通じて、歴史を身近なものとして甦らせることに成功している。私は敗戦時に国民学校五年生だったので（国民学校に入学し、国民学校を卒業したのは、私の学年だけ）、たぶん四年先輩であられる半藤氏の昭和史に教えられることが多い。なるほどそうだったな、と思い起こすことになる。

戦後史は私にとっては同時代史である。私の研究者としての専門分野は中国研究であって、昭和史や戦後史ではない。しかし同時代史について強い関心を持ち続けており、関連書についてはそれなりの目配りをしてきた。誰しも感じることであろうが、同時代史、とりわけ自分の知的遍歴と関わることについては忘れ難い思い出があり、自分にも言いたいことがあるとゆう思いが募る。本書執筆の動機である。

本書のテーマは、戦後史そのものでなく、戦後思想史を特殊な視角、戦後の著名な知識人たちが時代の要請にどう応えたかという視覚から、知識人たちの言説を歴史の流れの中で検証することである。一般的にいって、どんなに卓越した知識人であっても、激動、激変の戦後六十余年を経て、その思想が時代を越えて生命力を持ち続けることなどめったにあることではなかろう。評価基準、抽象度にもよるであろうが（政治的言動と哲学的思考）。日本だけではない。冷戦後の世界を見渡しても思想状況の混迷が目立つ。ポストモダンが論じられるようになってから久しいが、「サルトルの時代」は、フランスにおいても、一九六〇年代に終ったとみてよいのであろう。一九六〇年代にヨーロッパ諸国に福祉国家が普及したとき、コミュニズムに限りなく近づいていたサルトルの使命は終ったものと考えられる。

本題に入る前に、私がかねてから抱いている昭和史についての謎というか、疑問に思っている問題について触れておきたい。これは専門家に対する私の質問状であり、回答依頼である。

その一つは、昭和史の分岐点となった満州事変の背景に関する疑問である。満州事変に端を発した十五年戦争の行き着くところが敗戦による塗炭の苦しみであった。開戦当時関東軍の謀略を知らぬ国民の多くが「聖戦」を信じたのは確かであろう。事変の背景を知るには橋川文三編著の簡潔な『日本の百年⑦　アジア解放の夢』（ちくま学芸文庫、二〇〇八年）が便利である。満州事変勃発時の国民の反応について私が違和感を覚えるのは、加藤陽子『それでも、日本人は「戦争」を選んだ』（朝日出版社、二〇〇九年）と題する書のタイトルである。論拠として、事変前夜の東大生に対する意識調査で八八％が武力行使が正当だと答えたという調査結果や、事変発生後の同じく東大生に対するアンケート調査の結果として九〇％が軍事行動支持と答えたこと、などをもとに書名が選ばれたようである。

私の疑問は二点。

①東大生であれ一般の国民であれ、時流に大きく影響されるのは普通のことであろう。現在の安倍政権のもとで右傾化が顕著であるが、いま学生に対してアンケート調査を実施すれば右傾化に同調する向きが結構多いのではなかろうか。だからこそ知識人やメディアが発する警告が重要なのであろうが、満州事変当時、言論は封殺されていた。

②アメリカのベトナム戦争経験を想起すれば、開戦時には多くの市民が戦争を支持したのであろうが、戦争が長引いて多くの犠牲者が出るようになり、また戦争の悲惨な実態が次第に知られるようになると、全国的に空前の反戦運動が盛り上がった。言論の自由が保障されていれば、世論が変わり、多数の市民が反戦に転じることもありうる。時流をつくり出すのにメディアの役割が極めて大きいことは半藤『昭和史　戦後編』にも記されている。また柳条湖事件の前後の『朝日新聞』の論調の変化についての研究もある（後藤孝夫『辛亥革命から満州事変へ――大阪朝日新聞と近代中国』みすず書房、一九八七年）。最近刊行された半藤一利、保阪正康『そして、メディアは日本を戦争に導いた』（東洋経済新報社、二〇一三年）も参照されるべきであろう。

私が未解明のまま残されていると考える最大の問題はポツダム宣言をめぐる問題である。ポツダム宣言の受諾が遅れたために敗戦間際に広島、長崎の原爆犠牲者をはじめ数十万人もの一般市民の命が失われた（早期受諾によっても原爆投下が避けられなかったとする説もあるが）。軍人を含めると敗戦前三ヶ月間の死者は六十万人に達するという。ポツダム宣言が七月二十六日に発せられたとき、権力者たちは終戦不可避の判断をほぼ共有していたようである。にも拘わらず受諾が遅れたのは何故か。本土決戦を主張する軍に矛を収めさせるのが至難の業であったという事情もあろうが（陸軍中枢が関わった「偽命令書」事件）、終戦論議の最大の焦点は国体護持、天皇制存続をめぐる問題であった。天皇制存続の可否について見通しが立たず決着が引き延ばされたのである。天皇制存続と引き換えに数十万人もの市民の命が失われたのである。この点についての詰めがあまり行なわれていないように思われる。御前会議における参加者の発言などはほぼ明らかになっているようであるが、重要なのは最終決断を下した天皇の態度である。開戦時、敗戦時の責任を含めて、政治は結果責任でなければならない。最大の責任を負わなければならないのは昭和天皇である。多分に名目的な権限であったとしてもである。敗戦直後には天皇退位論も唱えられていたが（小熊英二『〈民主〉と〈愛国〉』新曜社、以降略記『民主と愛国』）、結局うやむやに終わった。天皇や天皇制が絡む問題については識者たちは寡黙になりがちである。敗戦時の政治責任不問は後々まで大きな禍根を残すことになった。靖国問題にみられるとおりである。

ポツダム宣言関連分野の研究を挙げておく。五百旗頭真『米国の日本占領政策――戦後日本の設計図（下）』（中央公論社、一九八五年）。進藤榮一『戦後の原像――ヒロシマからオキナワへ』（岩波書店、一九九九年）。古川隆久『ポツダム宣言と軍国日本「敗者の日本史⑳」』（吉川弘文館、二〇一二年）。升味準之輔『昭和天皇とその時代』（山川出版社、

一九九八年）

近年出版された吉見直人『終戦史――なぜ決断できなかったのか』（NHK出版、二〇一三年）から私が得た知見を挙げておく。①陸軍のクーデター計画の実態。②八月十四日の「聖断」での天皇の発言として伝えられていた「わたくし自身はいかようになろうとも」という言葉は実際には発せられていないこと。③ヤルタの密約についての駐スウェーデン陸軍武官電が正当に扱われなかったこと。

さて、戦後思想史再考という本題に歩を進めることにしよう。

本書のテーマは、戦後史そのものではなく、戦後思想史を特殊な視覚――戦後の代表的知識人たちが時代の要請にどう答えたかという視覚から検証することである。

戦後思想史は私自身の知的歩みと重なっている。実は、私の物書きとしての原点は、中国への関心ではなく、丸山眞男の論著やラスキの翻訳書などに触発されて、当時の政治状況や時代の潮流（どこからどこへ）について自分なりの視点を築くための手探りを始めたことである。学生運動の盛んだった私の学生時代は、マルクス主義への関心が強く、私も左翼言論の影響を受けていたが、私自身は自覚的非マルクス主義者であった。リベラル左派といったところであっただろう。一九六〇年の安保闘争の時は私は社会人で「ビルの内側」の人間であった。ただメディアへの関心はもちろんのこと、知的模索は続けていた。その延長線上でたどり着いたのが中国研究であった。

近年、戦後思想史の研究書も急増している。これも戦後史ブームの一環と考えてよいのであろう。今研究の中心を担っているのは私よりも一世代も若い研究者たちのようである。なかでも大変な英才が登場したなと強く印象づけられたのは、小熊英二の『民主と愛国』を目にした時であった。刊行後かなりの年月を経て同書の存在を知ったのは、不勉強のせいもあるが、自著の執筆に追われていたせいでもある。小熊の資料・情報の抜群の収集力、幅広い視角からの鋭利な分析に強い印象を受けた。だが、大河小説のようだと評される大著であるだけに、私にとって気になる点も多々ある。世代感覚の違いが大きいのかもしれないが。

何よりも気になるのは、『民主と愛国』に限ったことではないが、若い研究者たちのあいだで戦後思想についての定説が固まりつつあるように見受けられることである。通念の成立といってもよい。だが共通する問題意識と同一の視覚から同じような結論が導き出されているのではないか。果たして定式化された常識はそれでよいのか。問題意識や視角を変えれば、常識も変わらざるを得ないのではないか。戦後思想史に死角があって、重要な問題や視覚が看過されていたり、未解明の問題領域が広がっているのは困る。戦後思想史にはまだまだ積み残しともいえる分野や課題が少なくないように思われる。

定式化された常識の具体例を挙げよう。その一つは戦後民主主義破綻説である。戦後民主主義が破綻したとする説があたかも常識であるかのように語られている。破綻説が出現し広く受け入れられるようになったのは、随分前のことである。六十年安保闘争を契機に誕生した新左翼の主張が底流となっている。問題なのは、かっての新左翼も、いま破綻説を唱えている論者たちも、戦後民主主義とは何か問おうともしていないことである。ただ死滅したことを前提に論を展開している。またそのことを踏まえて「戦後民主主義のチャンピオン」（誰がこの語を使ったのか）と目された丸山眞男に攻撃の矛先を向けた。一九六八年以後丸山は「落ちた偶像」扱いされるようになったという。

しかし、戦後民主主義の歴史を顧みるならば、六十年安保当時日本の民主化は緒についたばかりであった。零から出発した日本の民主化が定着するかどうか、安保闘争はその試金石であった。丸山のいう「永久革命」としての民主化は、その後長い年月をかけて徐々に成熟したのである。民主化の達成に長い年月を要するのは日本だけでなく、何処の国も同じである。先行した欧米諸国もさまざまな民主化経験を積み重ねている。

なお小熊は、使用されている同一言語の意味が時代状況によって変化していると指摘している。一九五五年を境に「第一戦後」と「第二戦後」に区分し、「貧困と改革の時代だった（第一の戦後）では、（民主主義）や（平等）といった言葉が、（横並び主義）などとはほど遠い響きをもって語られていた局面があったこと」、「そして、秩序が安定した（第二の戦後）では、

（民主主義）をはじめとした（第一の戦後）の言葉がかっての響きを失い、敗戦直後の心情が（一時的な『気の迷い』）とみなされていったこと」を強調している。だがこの主張にたとえ一理あるとしても、戦後を区分する転機の時期判断が早すぎるように思われる。「民主主義」の語が最も輝いたのは一九六〇年安保闘争当時であろう。それ以前は、大状況判断として、民主主義は定着を求めて流動化する状況にあったのではなかろうか。丸山の『現代政治の思想と行動（上、下）』が出版されたのは一九五六～一九五七年であったが、この書が輝いてみえたことも民主主義健在を物語っているものと考えられる。

丸山の著作集、講義録、対話録の類が今も店頭を飾っている。丸山ブームとでもいった状況が今も続いているようである。だが戦後民主主義破綻説の影響か、丸山を偶像視する風潮はみられない。丸山については、政治学者、時評の論者としての絶大な実績を認めたうえで、丸山をクールにみつめようとする論者が多い。どんなに傑出した知識人であっても、戦後思想史の流れのなかで評価し、位置づけることは、必要なことであり、望ましいことである。

戦後の代表的知識人のうち、竹内好や吉本隆明については事情が異なる。竹内信者、吉本信者といった論者たちが今でも偶像視しているようである。だがこれらの信者たちの竹内観、吉本観には視覚の大きな欠落があるように思われる。竹内や吉本の賛美者には訓詁学的な字句解釈に終始する徒が多い。「方法としてのアジア」（竹内）や「共同幻想論」（吉本）が何を意味するか、どう解すべきか、など。視覚の欠落について二点指摘しておきたい。

一つは、竹内論評者が中国専門家の竹内の中国論を検討しようとせず（触れるとしても魯迅くらい）、吉本礼賛者が終生革命について強烈な願望を抱いていた吉本の革命論の内実を問おうとしない（もともと革命神話などありうるはずもないが）。なお吉本信者には、のちに「転向」して、強烈な信仰の裏返しであるかのような全否定をとなえる論者がいることに留意しなければなるまい。

もう一点、これらの論者たちには、竹内や吉本が超歴史的存在であるかのように、彼らの言説を歴史の流れのなかで位置づけ、評価するという視点が乏しい。竹内や吉本も激動する時代への対応を迫られた。理想主義のみを語っていたわけではない。必要なことは、竹内や吉本が時代の要請にどう対応したか、それぞれの役どころをどのように果たしたか、点検することである。こういう視点をもって竹内と吉本に対する評価を見直すべきだと考える。六十年安保闘争時の言論にとどまることなく。

日本人にとって敗戦と戦後改革というのは、明治維新にも比すべき大事件であった。丸山眞男、梅本克己、佐藤昇 共著『現代日本の革新思想』（河出書房新社、一九六六年、以降略記『革新思想』）によれば「日本の場合、大きな変革が内発的に生じてきた要素よりも、少なくとも直接には外から触発されたという要素が比較的つよい」。明治維新がそうであったが、戦後改革の場合は「大変化自体が敗戦の所産だったし、いうまでもなく民主化政策は軍事占領のもとで進行した。その意味では「外から」の革命の性格は維新の場合よりももっとハッキリしている」。ただ維新の時と違って、近代思想はいちおう知られており、暴発的な一揆とは異なる民衆運動の過去のストックもある。そこで敗戦によって「天皇制の重しが除かれると、下にたまっていたこういう経験のエネルギーはたちまち奔騰する。それが「外から」の圧力とからまり合って初期の相つぐ政治的社会的変革を生んでいった」。

外圧に端を発する戦後改革を国民の願望へと内在化させるためには、知識人たちがみずからの課題として提示するという媒介項、いわば一種の濾過装置が必要であった。敗戦後の日本が直面した改革の課題を広い視野をもって受け止め、思想問題として取り組んだのが戦後日本を代表する知識人たちであった。「戦前の天皇制的政治構造が大打撃を受け、その価値体系がとにかく急激に神通力を失ったのが戦後の出発点」であった。

敗戦後、知識人と「思想」がひときわ輝いてみえた時期があった。混迷の時代、先行きがみえず、誰もが前途について不安を抱えていた。知識人たちは、時代が要請する共通課題に応えるために、それぞれの立場から主張を展開した。戦争責任、民主化、中国・アジア問題、再生ナショナリズム（新生日本のアイデンティティをどこに見出すか）は、誰もが抱えていた問題であり、誰もが論じている問題である。本書は共通課題をこの四点に絞るが、むろんこれだけでなく、ほかにも経済再建、平和憲法への対応など、問題は少なくない。言論の自由の保障を得て革命論議もまた花盛りといったありさまであった。

著名な知識人たちは誰もが共通課題について多かれ少なかれ意見を表明している。政治と文学について誰もが語るといった特異な状況もみられた。そういう時代なのであった。今振り返ると、「思想」という語がこれほどクローズアップされた時代はなかったように思われる。日本人は一般に「思想」という語を好むようである。新しいアイデアを求め続けた明治維新以来の伝統の一面を表しているのかもしれない。「思想」の影響と呼ぶほかない現象もみられるが、「思想」という語がひとり歩きしている感もないではない。若干の違和感を覚えるものの本書では慣例に従う。欧米語の場合は哲学、政治などの語を加えて内容を限定したり、理論、価値観など意味内容がより明確な語が用いられることが多いように思われるが、どうであろうか。

ところで共通課題については誰もが口にしているが、識者たちが専門分野を異にしているため、自ずからなる役どころというか、役割分担が生じる。戦争責任や民主化については丸山眞男、中国・アジア問題については竹内好、革命を鼓吹する一方で共通課題に取り組んだのが吉本隆明、といった具合である。

本書ではテーマの重要性と戦後日本の進路への影響力の大きさを考えて、この三人を中心に、時代の要請に識者たちがどう対応したか点検する。もちろん戦後日本の代表的知識人はこの三人だけではない。それ以外の著名な識者久野収、鶴見俊輔、加藤周一、橋川文三などの見解も折にふれてとり上げることにする。

急激な時局の変動、空前の言論の自由と人権の保障、民主化と革命幻想の交錯、世界の政治と文化のいっせい流入、時代は目まぐるしく変わり続けた。


昭和史・戦後史ブームを演出している書を挙げておく。半藤一利『昭和史 1926-1945』(平凡社、二〇〇四年、以降略記『昭和史 戦前編』、同『戦後篇 1945-1989』(平凡社、二〇〇六年)。加藤陽子『それでも、日本人は「戦争」を選んだ』(朝日出版社、二〇〇九年)。半藤一利、加藤陽子『昭和史裁判』(文藝春秋、二〇一一年)。半藤一利、竹内修司、保阪正康、松本健一『占領下日本(上、下)』(ちくま文庫、二〇一二年)。読売新聞戦争責任検証委員会『検証戦争責任(Ⅰ、Ⅱ)』(中央公論新社、二〇〇六年)。

戦後思想史の概況をうかがう上で重要な書を挙げる。小熊英二『〈民主〉と〈愛国〉——戦後日本のナショナリズムと公共性』(新曜社、二〇〇二年)。米原謙『日本的「近代」への問い——思想史としての戦後政治』(新評論、一九九五年)。安丸良夫『現代日本思想論——歴史意識とイデオロギー』(岩波現代文庫、二〇一二年)。奥武則『論壇の戦後史——1945-1970』(平凡社新書、二〇〇七年)。

第一章　丸山眞男と戦後民主主義

一　与えられた民主主義

戦後日本の民主化は占領政策の「非軍事化と民主化」という基本方針に沿って、占領軍の指令によって進められた（マッカーサーの三か条）。占領軍が御膳立てした新憲法が主権在民を宣言したことが民主化の核心であった。民主化に向けての制度改革として選挙法が公布され、農地改革、労働改革、教育改革がやつぎばやに実施された。日本の政治、経済、社会の全領域にわたって革命的ともいえる改革が断行されたのである。

占領軍による改革指令にたいして政府も国民も受動的に対応した。敗戦直後の東久邇内閣は天皇制護持と食糧危機打開に当たるのが精一杯で、進路についてのビジョンは何も持ち合わせていなかった。国民はといえば「占領政策をほとんど運命のごとく、なんらの反抗もなく受けいれた」、「日本国民にとって敗戦と占領という初めての体験はあまりにも衝撃的であり、また日々の生活は苦労と不安にさらされており、人間としての存在を恢復し、維持するのが精一杯であった」（蝋山政道『日本の歴史㉖　よみがえる日本』中公文庫、一九六七年）。

農地改革一つをとってみても日本人は自らの手で実施できなかった。地主制度の下で自作農は三六％にすぎず、耕地の四六％は小作人が耕していた。小作料は平均五〇％強という高率であった。

敗戦後政治家も知識人もみな民主化を叫んだ。しかし民主化の中身は白紙に近かった。もともと戦前の日本においては、民主主義の理念や制度は極めて貧弱であって、軍国主義を廃棄すれば済むというようなことでは到底なかった。戦後民主主義を論じる際にはまずこの点を念頭に置いておかねばならない。

民主主義の伝統としてしばしば取り上げられるのが大正デモクラシーである。理念の面の代表者とみなされているのは吉野作造である。吉野は、デモクラシーについて民主主義と民本主義を区別し、主権在民を主張する民主主義は「一天万乗の陛下を国権の総攬者として戴く国家においては全然通用せぬ考えである」。しかし民本主義は国権の運用にあたって「一般民衆の利福ならびに意向を重んずるを方針とすべしという主義」だとする（吉野作造「憲政の本義を説いてその有終の美をなすの途を論ず」家永三郎編・解説『現代日本思想大系③　民主主義』筑摩書房、一九六五年）。吉野はまた「明治憲法のわくのなかで民衆が政治に参加する領域を拡大してゆくことで立憲君主制を確立しようとした」（今井清一『日本の歴史㉓　大正デモクラシー』中公文庫、一九七四年）というのはそのとおりであろうが、吉野も天皇制の重圧に抗することはできなかった。

第一次大戦後の一九二〇年、大正デモクラシー期の大衆運動が高まり、普通選挙を要求するデモ行進が盛り上がった。しかし、二十五歳以上の男子を対象とする普通選挙法が議会で成立したのは、五年後の一九二五年であった。貴族院をはじめとする反対勢力の頑強な抵抗と党派闘争が続いたのである。この普選法について吉野作造は、「私の提唱したものと似ても似つかぬもの」と述べたという(『日本の歴史㉓　大正デモクラシー』)。しかもこの選挙法の制定は治安維持法と抱き合わせであった。普選法施行によって民衆が「不穏な思想と行動」にはしるのを防遏しようとしたのだという。

敗戦後、最初に論壇に登場したのはオールド・リベラリストと呼ばれる人たちが中心であった。一九四六年一月の雑誌『世界』の創刊号に代表的なオールド・リベラリストたちが顔をそろえているが、その一人、戦前天皇機関説で右翼の批判を浴びた美濃部辰吉が、「民主主義と我が議会制度」と題する論説を寄せている。その中で美濃部は、「国民主権」は天皇制と相容れないので不可だと述べている。「国民自身又はその代表者としての議会が国家の最高権力者たることが、我が建国以来の歴史的伝統と相容れないことは勿論、単に観念的な哲学的政治思想としての国民主権も、また我が鞏固な国民的信念とは絶対に調和し得ないものである」と。美濃部はまた、国民主権否定論に加えて、憲法改正も不要だと主張している。日本の民主主義伝統の薄弱さを示す格好の事例である。

ところが『世界』の執筆陣は数ヶ月以内にメンバーが一新された。丸山論文「超国家主義の論理と心理」が掲載されて大きな衝撃をあたえたのは、同じ年の同誌の五月号であった。この執筆陣の変化を、加藤典洋は「雑誌『世界』における宮廷革命」と呼んでいる（加藤典洋『敗戦後論』講談社、一九九七年）。オールド・リベラリストたちは激変する時勢に適応できず、次第に忘れ去られることになる。

丸山のこの論文が出現したときの衝撃について荻原延寿はのちに解説文にこう記している。まず冒頭で、朝日新聞（一九四六年六月二十四日）学芸欄の匿名批評の一節（「論壇のマンネリズムの壁にも漸く穴があく時が来た。疑ふものは」丸山論文を「見るがよい」）を紹介したのに続いて、同紙一面に食糧危機の実相が報道されているが、「欠乏していたのは食糧だけではなかった。私たちは大日本帝国の崩壊によって生じた精神の空白にも悩み続けていたのである。しかし、この日の朝日新聞を裏面まで読み進んだものは、小さな片隅のコラムの中に、私たちの精神の飢餓をみたしてくれるかもしれぬ、新しい思想家の存在を識ったのである。そして、この期待は全く裏切られなかった。……あのざら紙に印刷された雑誌を友人や知人の間で回覧しながらこの論文を読んだ。そして、眼から鱗が落ちるという言葉通りの、衝撃と戦慄を味わった。昭和二十年八月十五日以後も、私たちの裡に残存していた大日本帝国の精神が、いまや音を立てて崩れはじめるのを感じたからである。かくして、私たちの精神にとっての「戦後」が始まった」と。戦後思想史の出発を告げる丸山論文であった。

ちなみに、戦後十九年を経た『中央公論』の一九六四年十月特大号は「特集　戦後日本を創った代表論文」を掲載している。その中に丸山論文が採録されているのは当然であるが、それに付されているのが萩原解説文である。この特集には一八編の論文が収録されていて、竹内好「中国の近代と日本の近代」、吉本隆明「前世代の詩人たち」も収められている。

さて、敗戦直後に日本の民主主義が直面した政治環境について、一九五一年六月に久野収は次のように述べている。「五年前の出発は、敗戦という例外的な条件に強制された民主主義であった」、「外側からの指導者がワクと方向を与えなかったならば、おそらく日本の民主主義は自滅したであろう。これは戦争直後に新しい民主主義の勢力がいかに微弱であったかを示す明瞭この上もない事実である。……民主主義の伝統と歴史とをほとんど経験したことのない国民は、旧来の支配者に新しい支配がとって代わったとしか感じないという、民主主義にとって致命的な感覚がこうして生まれることとなった」。このような条件下で戦後民主主義を育み、前進させるためには「外側から国民に課されたワクを一歩一歩国民が自らの力で作り上げるワクに転化させ、ワクを自分で左右する力を国民の中に育てあげてゆくという困難な仕事」を克服しなければならない」（久野収「民主勢力の後退からの脱却」家永三郎編・解説『現代日本思想大系③　民主主義』筑摩書房、一九六五年）。

ちなみに敗戦国ドイツの「命じられた民主主義」の結果をどう評価すべきかをめぐって、ワイマール共和制期の民主主義の伝統への回帰なのか、ゼロからの新しい出発とみるべきなのか、論争が行われているという（犬童一男他編『戦後デモクラシーの成立』岩波書店、一九八八年）。日本にワイマール共和国体験はなかった。

敗戦後の日本で民主化を声高に叫んだのは共産党であった。ただ共産党にとって民主化は、ブルジョワ民主主義革命を志向するものであって、社会主義への過度的な段階でしかなかった。民主化そのものを目標とするものではなかった。しかもコミンフォルムと党の統制下における革命闘争はそのときどきの戦術転換の甚大な影響を蒙った。武装闘争の提起（火炎瓶事件、山村工作隊派遣）から六全協（第六回全国協議会）における平和主義への転換にみられるとおりである。いわゆる進歩的知識人たちは多かれ少なかれ共産党とのあいだに距離を置いていた。

戦後民主主義の理念もまた白紙に近かった。久野収はいう。民主主義の形だけを整えようとすれば「民主主義のモデルはどうしても過去に求められることになる。種々の事情がモデルを日本の過去に求めることを許さなかったとすれば、モデルが西欧的民主主義となったのは決して偶然ではない」。

民主主義理念の西欧モデルはアメリカ民主主義であると一般に信じられているようであるが、これはおそらく誤解である。占領政策は民主化の具体策を命令したが、その背後に一体としての民主化理念が存在したとは思えない。アメリカ人のアメリカ民主主義観には大きな幅があった。占領初期に日本の民主化を推進したニュー・ディーラーたちが、冷戦の深刻化に伴なうアメリカの政治潮流の変化によって総司令部から追放され、アメリカはマッカーシズムが吹き荒れる時期に突入した。反共ヒステリーにとらわれたアメリカ人も自分たちが民主主義のために闘っていると信じて疑わなかった。日本の進歩的知識人がアメリカ・モデルを取り入れる余地はほとんどなかったであろう。

丸山眞男はその辺の事情を重々承知していた。戦前にアメリカのリベラル左派の有力誌『ネーション』の愛読者であった丸山は、戦中の長い途絶を経て、戦後同誌を再び手にしたが、それを通じて台頭する反動勢力を前にしてアメリカ民主主義が危機的状況にあることを知ることになった。一九五三年六月二十八日発行の市民的自由の特集号に「全頁を挙げて、官界をはじめ法曹・労働・科学・教育・出版・映画・演劇等あらゆる分野に襲いかかるマッカーシズムの脅威の実態が克明に報告されて」いたのである（丸山眞男「ファシズムの諸問題」『現代政治の思想と行動・下』未来社、一九五六年、以降略記『思想と行動（上、下）』）。

ところで、民主主義の西欧モデル求める知識人の側には、どこにモデルを見出すかという問題以外にも、課題を背負っていた。誰もが、日本の進路を考える場合にマルクス主義、社会主義を視野の一角にとどめていたことである。日高六郎の「近代主義」解説によれば、「いわゆる近代主義者も正統派マルクス主義者も、前近代→近代（封建的→民主的）の軸では一致していた。そして多くの近代主義者たちは、超近代としての社会主義社会への展望を拒否するどころか、むしろ積極的に支持していた」（「近代主義」日高六郎編・解説『現代日本思想大系㉞』筑摩書房、一九六四年）。

ここにいう正統派マルクス主義者は共産党系マルクス主義者のこと、進歩主義者として日高は、丸山眞男、大塚久雄、清水幾太郎、桑原武雄、加藤周一などの名前を挙げて、彼らの論説を採録している。日高のいう近代主義を民主主義と読み替えても差し支えあるまい。普遍的理念としての近代主義ないし民主主義の思考に社会主義の要素を取り込む必要があると、多くの識者が考えていたのである。近代化には資本主義化も含まれるが、その場合も資本主義化の前途に社会主義化の展望を加えることは、当時としては常識化していた（大塚久雄『近代化の人間的基礎』の「あとがき」を参照）。

「与えられた民主主義」と戦後改革に関する情報源を挙げる。占領軍側の情報源は、ジョン・ダワー『敗北を抱きしめて――第二次大戦後の日本人（上、下）』岩波書店、二〇〇一年、以降略記『抱きしめて（上、下）』）。同『昭和――戦争と平和の日本』（みすず書房、二〇一〇年）。

戦前から戦後にかけての日本の知識人の戦後改革や民主化についての論説をみるには次の資料集が役に立つ。日高六郎編・解説『戦後日本思想大系①　戦後思想の出発』（筑摩書房、一九六八年）。家永三郎編・解説『現代日本思想大系③　民主主義』（筑摩書房、一九六五年）。吉野作造「憲政の本義を説いてその有終の美をなすの途を論ず」ほか、大正デモクラシー関係の論説が採録されている。同シリーズには㉞日高六郎編・解説『近代主義』、㉜福田恒存編・解説『反近代の思想』などが含まれている。

『世界』創刊号に掲載された美濃部達吉「民主主義と我が議会制度」は『美濃部達吉著作集』に収録されている。戦後改革については膨大な資料集や研究が刊行されているが、私が利用したのはごく一部にとどまる。

丸山眞男の著書については主として手許の単行本を利用した。『現代政治の思想と行動（上・下）』（未来社、一九五七、一九六三年）。同書（新装版）（未来社、二〇一二年）。『日本の思想』（岩波新書、一九六一年）。『戦中と戦後の間　1936-1957』（みすず書房、一九七六年、以降略記『戦中・戦後』）。『忠誠と反逆――転形期日本の精神史的位相』（ちくま学芸文庫、一九九八年）。『後衛の位置から――「現代政治の思想と行動」追補』（未来社、一九八二年、以降略記『後衛』）。『丸山眞男集』（岩波書店、一九九五年～、以降略記『丸山集』）は一部利用した。他には丸山眞男述、松沢弘陽、植手通有編『丸山眞男回顧談（上、下）』（岩波書店、二〇〇六年）。『自己内対話――３冊のノートから』（みすず書房、一九九八年）など。対談の記録として重要なのは次の二書である。梅本克己、佐藤昇、丸山眞男『現代日本の革新思想』（河出書房新社、一九六六年）。鶴見俊輔編『語りつぐ戦後史Ｉ』（思想の科学社、一九六九年、以降略記『語りつぐ』）。

丸山眞男を論じた書を挙げておく。苅部直『丸山眞男――リベラリストの肖像』（岩波新書、二〇〇六年）。竹内洋『丸山眞男の時代――大学・知識人・ジャーナリズム』（中公新書、二〇〇五年）。都築勉『戦後日本の知識人――丸山眞男とその時代』（世織書房、一九九五年）。『丸山眞男（ＫＡＷＡＤＥ道の手帖）』（河出書房新社、二〇〇六年）。情況出版編集部編『丸山真男を読む』（情況出版、一九九七年）。『丸山眞男――生誕一〇〇年』（『現代思想』二〇一四年八月臨時増刊号、青土社）。中野敏男『大塚久雄と丸山眞男――動員、主体、戦争責任』（青土社、二〇〇一年）。米原謙『日本的「近代」への問い――思想史としての戦後政治』（新評論、一九九五年）。石田雄、姜尚中『丸山眞男と市民社会――転換期の焦点⑤』（世織書房、一九九八年）。間宮陽介『丸山眞男――日本近代における公と私』（筑摩書房、一九九九年）。笹倉秀夫『丸山眞男の思想世界』（みすず書房、二〇〇三年）。平野敬和『丸山眞男と橋川文三――「戦後思想」への問い』（教育評論社、二〇一四年）。

二　天皇制無責任体系の究明

丸山眞男は天皇制統治の闇に光を当てることで論壇に登場した。「与えられた民主主義」を内在化させるためには不可欠のステップであった。前述「超国家主義の論理と心理」の冒頭で丸山は、ウルトラナショナリズムの名で呼ばれた日本軍国主義の「思想構造乃至心理的基盤の分析を試みる」と記している。「八紘一宇」のスローガンなどの奥に潜む精神構造をどう捉えるか。「諸の断片的表現やその現実の発現形態を通じて底にひそむ共通の論理を探り当て」ねばならないとしている。軍国主義のスローガンの批判にとどまらず、スローガンを生み出した国家権力の精神構造にメスを入れようとしたのであった。

天皇制国家の支配の特徴は「国家主権が精神的権威と政治権力を一元的に占有」しているところにある。「国家の活動はその内容的正当性の基準を自らのうちに（国体として）持っている」。国家は権力の中枢であるだけでなく、国家が「倫理的実体として価値内容の独占的決定者」なのである。そしてこの国の「権威の中心的実体であり、道徳の泉源体」が天皇であった。その権威は「万世一系の皇統」に由来する。

丸山がこの論文で天皇制の茫漠たる権力の実態と支配のメカニズムにメスを入れようとしたのは確かである。だが丸山にとっても、この時点で天皇および天皇制を俎上に載せて真っ向から論じることは、相当な勇気を要することであったらしい。丸山を取り巻く東大法学部のエスタブリッシュメントの一団は、支配原理としての天皇制の存続を当然視していた。占領軍の指令に基づく主権在民をうたった新憲法の骨格を彼らは想定外のこととして受け止めたのであった。丸山自身も新憲法の基本精神を知ったことで天皇観の大転換を意識したのだという。丸山自身「私は事実を申し上げて敗戦まで、あるいは敗戦の少しあとまで、天皇制を完全に否認する気になっていませんでした」（「二十世紀最大のパラドックス」『丸山集⑨』）とのちに語っている。

丸山は、天皇制との対決に踏み切ったときの気持ちを、半世紀を経た昭和天皇崩御の際に回想録で述べていることは、周知のとおりである。半年も思い悩んだ挙句の決断であったという。「のちの人の目には私の「思想」の当然の発露と映じるかもしれない論文の一行一行が、私にとってはつい昨日までの自分にたいする必死の説得だったのである」（「昭和天皇をめぐるきれぎれの回想」『丸山集⑮』）。

丸山眞男は、天皇制権力の特質を、ナチズムと対比することによって描いている。「超国家主義」論文で最初にとりあげているが、二年後に発表された論文「軍国支配者の精神形態」（丸山集④所収）で論点を拡充している。

最初の論文にこう記されている。「ナチスの指導者は今次の戦争について、その起因はともあれ、開戦への決断に関する明白な意識を持っているにちがいない。然るにわが国の場合はこれだけの大戦争を起しながら、我こそ戦争を起したという意識がこれまでのところ、どこにも見当たらないのである。何となく何物かに押されつつ、ずるずると国を挙げて戦争の渦中に突入したというこの驚くべき事態は何を意味するのか。わが国の不幸は寡頭勢力によって国政が左右されていただけでなく、寡頭勢力がまさにその事の意識なり自覚なりを持たなかったということに倍加されるのである」と。

東京裁判で日本の被告たちは誰もが自らの免責を主張した。その論拠の一つは「訴追されている事項が官制上の形式的権限の範囲に属さない」ということであった。「権限への逃避」と丸山は呼んでいる。「権限への逃避」は、それぞれ縦に天皇の権威と連なることによって、名目の

「権限」の絶対化に転化し、ここに権限相互の間に果てしない葛藤が繰り広げられる。

日本ファシズムの広大なる「無責任の体系」を丸山は摘出した。丸山の論著『日本の思想』は、「天皇制における無責任の体系」の核心を「決断主体（責任の帰属）を明確化することを避け、「もちつもたれつ」の曖昧な行為連関（神輿担ぎに象徴される！）を好む行動様式が冥々に作用している。「輔弼」とはつまるところ、統治の唯一の正統性の源泉である天皇の意思を推しはかると同時に天皇への助言を通じてその意思に具体的内容を与えることにほかならない」と記している。

丸山が天皇の政治責任について明言し、天皇の退位を主張したのは、一九五六年三月に発表された「戦争責任論の盲点」（『戦中・戦後』）においてであった。「実のところ日本政治秩序の最頂点に位する人物の責任問題を自由主義者やカント流の人格主義をもって自ら許す人々までが極力論議を回避しようとし、或は最初から感情的に弁護する態度に出たことほど、日本の知性の致命的脆さを暴露したものはなかった」と知識人たちの天皇制問題への対応を批判している。ちなみに丸山の戦争責任論を意識していたと思われる鶴見俊輔は「戦争責任の問題」と題する論説（『鶴見俊輔著作集⑤』筑摩書房、一九七六年）にこう記している。「天皇も共産党も政治責任から自由でないが、権力の配分が日本の社会内部に不均等であったことに対応して、権力の大小によって政治的責任にも重さのちがいができる」と。一般の国民に比べて天皇の責任はちょっぴり重いというのであろう。

これも「軍国支配者の精神形態」に記されていることであるが、極東裁判のアメリカ人弁護人を驚かせたのは、ナチズムとの対比において「ドイツと並ぶ典型的な「全体主義」の国として喧伝された日本帝国の戦争体制における組織性の弱さ、指導力相互間の分裂と政情の不安定性」であった。「本起訴状の期間内に日本では前後十五代の内閣が成立・瓦解したという事実にほかならぬ。……日本政府を構成したこれら十数代の内閣の成立、瓦解を通じて、十三人の首相、三十人の外相、三十八人の内相、十九人の陸相、十五人の海相、二十三人の蔵相が生まれた」と弁護人は指摘している。これでは内閣が「輔弼」の責任もはたせまい。軍部の独走（これも対立の要素をかかえたまま）をチェックできるとすれば、天皇自身と天皇の側近の重臣グループでしかあるまい。その重臣グループも担ぎ手が次々と変わる「神輿担ぎ」でしかなかった（「神輿担ぎ」については丸山自身が解説している。（丸山眞男述、松沢弘陽、植手通有編『丸山眞男回顧談（下）』）。

ところで丸山の著書『思想と行動』には私の個人的体験が関わっていることについては前述した。私が同書を目にしたのは一九五七年に上巻を入手したときであった。この書に強い印象を受けた記憶が今も残っている。私が特に関心を持ったのは、戦争責任をめぐるナチスの指導者たちと日本の権力者たちの対応の違いについての記述であった。自己責任を明確に認めるナチスの指導者に比べて、日本側は処刑された戦犯を含めて責任意識がきわめて希薄であった。何故か。政策決定の責任は結局誰に帰すべきなのか。

『思想と行動』の出版から半世紀を経た今日、研究の進展につれて、戦中から戦後にかけての昭和天皇の政治介入の実態がみえてきた。現在の研究状況を踏まえて天皇の政治介入ににについて判明していることを記しておきたい。

一、最初に戦争責任をめぐるドイツにおける論議について一言。木佐芳男『〈戦争責任〉とは何か――清算されなかったドイツの過去』（中公新書、二〇〇一年）が現況についてインタビューを踏まえて明らかにしている。ナチズムにドイツ国民はどう対応したのか、ヒトラーとナチズムをスケープゴートにして国民は免責されるのか、敗戦によって国民は「解放された」のか、議論は尽きないという。同署の末尾の一節を引いておこう。「日本では、いわゆる〈戦争責任〉について、ことあるごとにドイツと比べようとする。だが、調べれば調べるほど、日本とドイツの論点のちがいが浮かび上がってきた。ほとんどなにもかみ合わないといえるほど、ずれているように思えた」と。ただ一点共通しているのは、敗戦国民が自己責任を認めることがどんなに困難かということである。

二、日本においては天皇の戦争責任という固有の問題がある。昭和天皇が、戦争をめぐる国の政策決定にどこまで、どのような形で政治介入したかという点について、専門家（半藤一利・加藤陽子『昭和史裁判』）からの証言を摘記しておこう。

「満州事変というのは、決意ある小集団が断固として進めました。けれど日中戦争というのは、緒戦においては陸軍側が、とくに参謀本部が消極的であったこともあって天皇の関与の率が非常に高かった」、「日中戦争は天皇が戦術戦略的なレベルにまで降りていって指揮をした戦争だったのだなあ、という印象があります」（加藤）。「昭和天皇の中国に対する最初のころの基本的な考え方は、残念ながら「中国一撃論」でした」（半藤）。また、太平洋戦争の開戦時に天皇の避戦の「聖断」がありえたかということであるが、決定的な状況証拠はないものの「聖断」は行われなかった。天皇が近衛の後継首相として東条を任命した頃、「対米戦争やむなし」と覚悟を決めたのである。「多元的な輔弼体制のなかで対立があったならば、親裁が必要な場合などいくらでもあり得たわけです。天皇はすべての決定に最終的判断をくだす権限をもっていました。ただその責任を結果的に負う必要がなかっただけなのです」（加藤）。敗戦決定の際は、内閣の意見の不一致のため、天皇が「聖断」を下したことはよく知られているが、天皇の苦悩は「国体護持」の可否というただ一点にのみ関わっていたようにみえる。

三、戦後も昭和天皇は、「象徴」天皇制を無視するかのような天皇外交を行った。第一の外交チャンネルは天皇とマッカーサーとのあいだの対話を通じてであった。天皇とマッカーサーとの会見は、敗戦直後の一九四五年九月二十七日の第一回会見以降、マッカーサーが離日（一九五一年四月十六日）するまで合計十一回行われた。会議記録は例外的なケースを除いて開示されていない。第一回会見で天皇が「戦争責任が自分にある」と認める一方、東条に責任を転嫁するかのような発言を行ったのは事実のようである（『昭和史 戦後篇』）。重要なのは新憲法発布直後（五月六日）の第四回会見である。新憲法の軍備撤廃に安全保障上の不安を抱き、アメリカが日本の防衛を保障するよう求めたという。ついで九月十九日に、天皇はマッカーサーの政治顧問シーボルトに対していわゆる「沖縄メッセージ」を伝えた。二十五年から五十年、さらにそれ以上にわたる米軍の沖縄占領継続を求めたという。共産主義の拡張への強い危機感によるものという（豊下楢彦『昭和天皇・マッカーサー会見』岩波現代文庫、二〇〇八年。工藤美代子『絢爛たる悪運 岸信介伝』幻冬舎、二〇一二年）。

第二の外交チャンネルとして、マッカーサーの頭越しに天皇が国務長官顧問のダレスに伝えたチャンネルがあったことを左右両派の論者が伝えている。一九四八年以降アメリカにＧＨＱの他にジョセフ・グルーをはじめ国務省の保守派を中心に第三局がつくられ（「アメリカ対日協議会」、通常「ジャパン・ロビー」と称される）、日本を反共の砦とする方向で活動を活発化させたという。天皇とマッカーサーとの第四回会談の直後、訪問したダレスと天皇の側近松平康昌を含む日米要人の極秘夕食会がもたれて、このとき松平を通じて天皇からダレス宛の口頭の「天皇のメッセージ」が伝えられたという。夕食会を仕掛けたのは「ニューズ・ウィーク」東京支局長パケナムと本社外信部長のカーンであった。夕食会でとりあげられたのは講和問題や基地問題であった。ついでアメリカ側の要請で天皇の「文書メッセージ」が送られて、日本の外交当局とは別途に「諮問グループ」を組織する必要があることや、有力者の追放解除が望ましいことを伝えた。またそれに加えて、ときの吉田首相が基地提供を拒んでいたことを批判する内容も含まれていたとされる（『昭和天皇・マッカーサー会見』）。新憲法下の天皇の言動は、旧憲法下と変わりがないとする豊下の指摘は、まさにそのとおりであろう。なお、天皇自身の証言の類は、寺崎英成、マリコ・テラサキ・ミラー『昭和天皇独白録』（文春文庫、一九九五年）が知られているが、最近『昭和天皇実録』の刊行が開始された。専門家の解明を待たねばならない。

三　民主主義論

丸山眞男に対して「八・一五革命伝説」をつくったという批判が行われている。「革命伝説」という語は松本健一の発明らしい。丸山が「八・一五」を画期ととらえたことが丸山の仮構（フィクション）だというのであるが、ということは、敗戦によって日本は変わらなかったと主張したいのであろう。松本の他にも「八・一五」画期説を否定する論者がいる。

丸山の「超国家主義」論文が論議の的である。主要な論点は二つ。その一つは、丸山の論文執筆の背景と論文の内容をめぐる意見、いま一つは、終戦（敗戦）記念日を八月十五日に設定するのが不当だという主張である。

丸山批判の具体例として米谷匡史「丸山真男と戦後日本——戦後民主主義の〈始まり〉をめぐって」（『情況　第二期』八巻一号「特集　丸山眞男と戦後民主主義の再審」所収）の見解を検討することにしよう。

米谷はいう。「八・一五という日付は、丸山真男に代表される戦後民主主義者によって、旧体制の解体と戦後の〈始まり〉を画する断絶点として、いわば神話化されてきました」。これが米谷の主張の骨子である。論点の一つは丸山の論文執筆の背景をめぐる問題である。論文は占領軍によって提示された新憲法要綱の「主権在民、天皇の象徴化、戦争放棄など」を知ったことがきっかけで執筆されたという。米谷によれば、丸山は論文で「八・一五」における「断絶」を強調しているが「丸山自身がそのような決定的な〈断絶〉を自覚できたのは、実はその日付よりも半年以上もたった時点、翌年の三月六日に発表された新憲法案に触発された時点でした」と指摘している。この指摘そのものはそのとおりであろう。だが米谷は、この事実を指摘するだけにとどまらず、丸山の八・一五を画期とする見解（米谷のいう「断絶」）に異論を呈している。「彼が、新憲法案に触れたさいに自覚した転換を半年以上もさかのぼらせ、「八・一五」に決定的な〈断絶〉を設定し、戦後民主主義の〈始まり〉の神話づくりをおこなった。これは、真の〈始まり〉を隠蔽し、偽造すること」だと述べている。米谷が隠蔽、偽造などの語を用いているのは、丸山の意図的な悪意を示唆しているかのようである。だが「八・一五」が日本に革命的変化をもたらしたことは、「神話」でなくて事実である。

私からみると、米谷説は実に奇妙な論議を展開している。肝心なのは次の点である。どんなに優れた知識人にも思想の形成、成熟の過程がある。時の経過と内外の環境の変化につれて思索を重ね、思考を練り上げる。これはごく普通のことである。まして敗戦の衝撃のすさまじさを考えれば（丸山の場合「紙一重の差で生きのこった」という広島での原爆体験）、戦争直後における思考の変化と曲折は避けがたいであろう。丸山や加藤周一などは敗戦によってやっと解放されたと安堵したとされるが、これらの知識人たちですら、敗戦のショックによる虚脱感を免れることはできなかったのではなかろうか。丸山の思索の過程とそれにともなう思考の変化を考慮に入れない米谷説はもともとナンセンスなのである。丸山がラスキ評として述べた一文を引用してお こう。「いうまでもなく思想家も彼の立場を絶えず新たな事実と経験によって吟味し修正しつつ発展して行く。不変性は思想家の名誉ではないし、転向は必ずしも彼の不名誉ではない」（『思想と行動（下）』）。

米谷は、丸山の敗戦「断絶」説をあたまから否定してはいない。ただ、戦後日本の体制は「軍国主義・超国家主義の駆逐という〈断絶〉をふまえて、平和的・民主的に再編された形で天皇制を〈連続〉させ、それを軸としながらつくりあげられたのだ」という。米谷の批判は、丸山の「断絶」把握が「〈断絶〉と〈連続〉の複合からなる戦後日本国家の秩序の枠組におさまってしまうものでもあった」ことに向けられている（リベラリストの丸山としてはおさまるのが当然）。米谷は、丸山が天皇制廃止を唱えたことにも言及しているので、丸山の天皇制批判が不十分だというのではなさそうである。米谷の主張は、戦後の国家秩序にとり込まれた戦前からの「連続」性にもっと注視すべきであったというのであろうか。

丸山が敗戦にともなう革命的変化をどうみていたか、丸山自身に語ってもらうことにしよう。

丸山は梅本克己、佐藤昇との鼎談（『革新思想』）において次のように語っている。すでに序章で一部を引用しているが、いま一度引用しておく。「戦前の天皇制的政治構造が大打撃を受け、その価値体系がとにかく急激に神通力を失ったのが戦後の出発点です。ところがそういう大変化自体が敗戦の所産だったし、いうまでもなく民主化政策は軍事占領のもとで進行した。その意味では「外から」の革命の性格は維新の場合よりももっとハッキリしている。しかしこんどは上から下からという基準をとってみるとどうなるか。維新のときとちがってまがりなりにも近代社会七〇余年の歴史を持ち、思想としても自由主義からコミュニズムまでの近代思想はとにかく既知であり、たんなる暴発的一揆と区別された意味での民衆運動の過去のストックもあるわけです。ですから天皇制の重しが除かれると、下にたまっていたこういう経験のエネルギーはたちまち沸騰する。それが「外から」の圧力とからまり合って初期の相つぐ政治的社会的変革を生んでいった。つまり維新政府が開明官僚を推進力として「上から」変革のイニシァティヴをとったのとまったく対照的に、戦後の支配層は「外から」と「下から」のハサミ打ちのなかで、ほとんど受動的に、いやいやながら民主的変革のミニマムの「所与」を呑んでいった。天皇制から家族制度の変革まで、財閥解体から労働三法、さらに教育基本法まで、みな然らざるなしです。この点が戦後の変革とその後の「反動」の現われ方をみる場合に重要な点だと思うのです」。

なお、丸山の下からのエネルギー沸騰の指摘は六十年安保闘争の経験を踏まえての発言である。ちなみに敗戦後のアメリカ側による新憲法草案の作成と「外から」の民主化圧力、それに対する天皇制側の抵抗については、ダワー『抱きしめて（下）』を参照するとよい。新憲法草案をめぐって国会討議が行われたとき、国会議員たちの最大の関心事は「国体」が変更されたのかどうかという点であった。政府側答弁は、「絶対に変更はない、というものであった。金森も新首相・吉田茂もともに、このもっとも感情的になりやすい問題に、こっけいなまでの精力を注ぎこんだ」。吉田は「天皇と臣民は一つの家族である」ことを強調した。吉田の観念からすると、国民は依然としてなお「臣民」なのであった。総司令部民政局長ホイットニーはこうした事態を憂慮してマッカーサー宛報告にこう記しているという。「新憲法が国体を変更することはないと公式に主張することは、この新しい憲章の民主的精神を損なうものであり、権威主義、狂信的愛国主義、軍国主義、また日本の「独自性」や人種的優越を主張する古い神秘主義へと逆戻りする道を開くものだ」と。

さて、「八・一五神話」説の論拠の第二点は、丸山の「八・一五」画期説があとからつくられた「神話」だという米谷の主張のほかに、「終戦記念日」を「八・一五」とするのが不当だとする説が唱えられている。佐藤卓己『八月十五日の神話――終戦記念日のメディア学』（ちくま新書、二〇〇五年）がそれである。佐藤の「八・一五」神話がつくられたという主張は、敗戦後メディアが敗戦の記憶と「断絶」観をつくり出したというのであるが、主張の核心は「終戦記念日」はポツダム宣言受諾を最終決定した八月十四日（天皇制の第二回「聖断」）か、ミズリー号上で降伏文書に署名が行われた九月二日にすべきだというのである。論外としか言いようがない。私は、玉音放送によって国民が敗戦を知った八月十五日を終戦の日と定めることに何ら不都合はないと考える。そもそも終戦決定の背景を探るのでなく、メディア論議の詮索を行うことにどれほどの意味があるのか。佐藤の「神話」説は、松本健一や米谷匡史の主張に同調して丸山が偽史を創作したと非難しているが、その点について私が批判を繰り返す必要はあるまい。要するに戦中戦後の「連続性」を重視し、日本は変わらなかったと言いたいのであろう。一連の丸山批判は、保守派の進歩派攻撃とみなさざるをえない。松本健一の昭和天皇礼賛の書（『昭和天皇――畏るべき「無私」』ビジネス社、二〇〇七年）が共通基盤のありどころを示唆しているように思われる。当の丸山は自ら進歩派宣言をしている。「私は自分が十八世紀啓蒙精神の追随者であって、人間の進歩という「陳腐な」観念を依然として固守するものであることをよろこんで自認する」（『後衛』）。

戦後民主主義者丸山の民主主義論を次に取り上げることにしよう。丸山が民主主義論を集中的に語っているのは、六十年安保闘争の前後である。議会制民主主義が危機的状況にあるという意識が背景にあった。

一九五九年十月に岸内閣が警察官職務執行法改正案（いわゆる警職法）を突如議会に提出した。安保改定阻止の運動を力で抑え込もうとするものだという警戒感が社会的に高まって、騒然たる雰囲気が社会を覆った。次いで安保改定反対運動が空前の高まりをみせるなかで、五月十九日、岸内閣が議会制民主主義を踏みにじる自民党単独の新安保条約強行採決を決行した。

新安保条約の強行採決によって議会制民主主義が危機に立たされたとき、丸山は「私たちに議会政治というものを、もっとも原理的な問題に立ち返って考えることを迫っていると思います」と語っている。議会制民主主義の原点に返れという主張である。一見迂遠な話のように思われるかもしれないが、目下の状況は単なる政局の混乱ではなく「日本の政治体制のレゾン・デートル（存在理由）そのものが問われている」（「この事態の政治学的問題点」『丸山集⑧』）からだというのであった。この時丸山は、議会の機能が失はれた今「いますぐ国会を解散して、強行採決を白紙に返すよりほかにない」と訴えている（「この事態の政治学的問題点」『丸山集⑧』）。

丸山はかねてから民主主義や基本的人権についてそれが普遍的理念であることを強調していた。ヨーロッパ起源であるのは確かであるが、普遍性だからこそ意味がある。「近代主義」に対する反発を丸山は念頭において、「お前はヨーロッパの過去を理念化してそれを普遍化しているといわれたら私は、まったくそのとりいうほかない。……ただ私の思想のなかにヨーロッパ文化の抽象化があるということを承認します。私はそれは人類普遍の遺産だとおもいます。かたくそう信じています。」（鶴見編『語りつぐ』）。しかしながら「たとえば民主主義についていえば、現代の欧米のデモクラシーを模範としろということじゃない。そういう意味の「外から」性を絶たなければ、日本のデモクラシーは育たない」（『革新思想』）。

占領下の戦後民主主義に「外から」、「上から」という色彩が顕著であったことは不思議でない。

またそのことと関連して、「敗戦直後はナショナリズムの価値暴落の時代」であった。国体ナショナリズムの裏返しとして「世界にもまれなナショナリズム不在現象」がおきて、「解放されたリベラルも左翼も、まさに戦前型ナショナリズムによって封じこめられていた普遍主義的価値―自由・平等・人間としての尊厳・国際的連帯といった―に自然とアクセントをおいた」（革新思想）。

ところが占領政策が「逆コース」へ向かいはじめると、労働運動が対決姿勢を強め、正統左翼が民族主義をスローガンに加えはじめる。だが、元来イデオロギー的にインターナショナリズムの観点に立ち、ソ連中心主義の伝統を有する正統左翼は政治スローガンを叫んでいるとみなされるのが落ちであった。こうした状況の下で戦前型と違う新しいナショナリズムを打ち出したのは、「非正統左翼とリベラルのなかの若干のグループ」であった。「平和および民主主義とリンクしたナショナリズムの方向」を提起したのである。いわば「再生ナショナリズム」である。「内から」、「下から」を重視するナショナリズムの出現であった（『革新思想』）。

普遍主義の理念としての民主主義を強調する丸山も、戦後日本という環境条件の下でそれを根づかせるには、歴史的条件と政治動向を踏まえて長期的視野をもって前途を見定めなければならない。日本の民主化の将来はこの「内から」、「下から」台頭している再生ナショナリズムにかかっているのではないか、民主主義の土着化（丸山の場合は主体性、外来思想排除ではない）の一つの方向を示しているのかもしれない、こういった思いが丸山にはあったのではなかろうか。

安保闘争の前後に丸山が発表した諸論稿（丸山集⑧所収）に丸山の原点に立ち返ろうという原点思考の型が表れている。その一つは、民主主義とは何か、政治の原点に返って原理的に考察すべきだという主張である。安保闘争の前夜に記された「民主主義の歴史的背景」が民主主義理念の整理をしている。デモクラシー（Democracy）とは語源的には「人民の支配」を意味するが、現実の政治は、民主制の場合も、「少数者の支配」である。「民主主義の理念は、本来、政治の現実と反するパラドックスを含んでいる」のである。このパラドックスはどこまでもつきまとう。それゆえ「政治における少数支配と権力関係の介在を不可避のこととして、その前提のもとに権力を不断にコントロールしてゆこうとするところに民主的なものが生まれてくる重大な契機がある」（「民主主義の歴史的背景」『丸山集⑧』）と指摘している。

次いで安保後に、「この事態の政治学的問題点」を発表して（東大における全学教官研究集会における講演にもとづく）、「議会制民主主義を基準として見れば、少なくともこれだけのことが論理的帰結としていえる」として、議会の二つ機能、統合調整機能と教育機能の他に、「多数決主義の問題点」、「請願と大衆行動の意義」、「「声なき声」の認識」など、議会制民主主義のいわば裾野についても幅広く論じている。

丸山の原点思考の第二点は強行採決の日である「五月二十日を忘れるな」、「五月二十日の意味、その意味を引き出せ、その意味を引き続いて生かせ」という主張である。丸山によれば、五月二十日の意味を考えることは、敗戦の日である「八月十五日にさかのぼると私は思うのでありま す。初めにかえれということは、敗戦の直後のあの時点にさかのぼれ、八月十五日にさかのぼれということであります（拍手）。私たちが廃墟の中から、新しい日本の建設というものを決意した、あの時点の気持ちというものを、いつも生かして思い直せということ」であると語っている。零から出発した日本の民主化の原点に立ち返り、その後の歩みを繰り返し考えようという原点回帰の主張である（「復初の説」『丸山集⑧』）。

丸山の民主主義論として有名なのは一九六〇年八月に発表された「八・一五と五・一九――日本民主主義の歴史的意味」（丸山集⑧所収）である。この論文の狙いについては標題からも明らかであろう。原点に帰れの主張が根幹である。とくに言論機関の変質（いつの間にか敗戦直後に立っていた原則的地点から遠く離れてしまった）を警戒していた。

戦後民衆はどう変わったのか、民主の意識にどういう変化があらわれたのか、民主化の前途を占ううえでの大問題であり、丸山論説の焦点であった。戦後、国体は雲散霧消したはずであるが、機構や制度は変わっても民衆の意識が変わらなければ、支配層の名目的な民主化（政治家も官僚も企業家もみな民主化を唱えていた）に取り込まれてしまう。それというのも戦時下の総力戦体制の下で「民」は根こそぎ「臣」にされてしまい、「臣」が国体を心情的に支えていたからである。丸山は戦後の民衆の意識の変化を次のようにみた。しばしば引用される文章であるがそこにこう記している。「戦後はまさに「臣」から「民」への大量還流としてはじまった。民主主義はそういう形で出発したわけです。還流した「民」は大ざっぱにいって二つの方向に分岐したと思うのです。一つは「民」の「私」化の方向です。これはちょうど滅私奉公の裏返しに当る。農村ではこれが主として個々の農家の経済的な利益関心の増大と名望家秩序の崩壊として現われ、大都市などでは消費面において私生活享受への圧倒的な志向として現われたことは御承知のとおりです。ところでもう一方の「民」の方向はアクティヴな革新運動に代表されます。この方はエトスとしては多分に滅私奉公的なものを残していた。したがって前者の方向から見ると、後者の運動や行動様式はどこか押し付けがましく、また騒がしく見え、その気負った姿勢はむしろおぞましく映ることになる。ところで支配層にとっては前にいったように、臣民意識をあてに出来なくなったかわりに、この「民」の分岐が少からず有利に作用したと思うんです。第一に、臣民的黙従とは多少ともちがった形ではあるが、前のグループの「私」主義にもとづく政治的無関心が、第二グループの「封じ込め」を意図する支配層には都合がよい。さらに積極的には、いわゆる補助金行政で、農家の利益関心にくいこむことができる。つまりこうした形の「民」の分割支配が、天皇制のカリスマを失った支配層の苦しい逃道ではあるが、今日までともかく続いて来たと見られるのじゃないか。ですから逆にいえばこの二つの「民」の間に、人間関係の上でも、行動様式の面でも相互交通が拡大されるとすれば、ここに戦後の歴史は一転機を劃することになる」。

丸山は、「民」の「私」化にともなって、「私」に埋没し、私生活享受をもっぱらとする政治的無関心層の行方に注目していた。そして二つに分岐したもう一方の「民」の方向として革新運動を挙げている。この点に丸山の当時の政治的立場が表われている。進歩的知識人と称される所以である。丸山は、リベラルの姿勢を持しながらも、日本の支配層である政・財・官のパワーエリートを中心とする保守陣営への対抗勢力として、革新政党や労働団体が支える革新勢力の拡大に期待していた。カギとなるのは政治的無関心層を取り込めるかどうかであった。

丸山が民主主義観を端的に述べた一文がある。一九六四年に『思想と行動』上、下巻を一本化した増補版が刊行されたが、そのとき「追記および補注」に丸山が新たに書き加えた短文である。少し長いけれども中心部分を引用しておく。「私は議会制民主主義を理想の政治形態とはけっして考えていない…しかしその反面、来るべき制度、あるいは無制度のために、現在の議会制民主主義の抽象的な「否認」をとなえることには、政治的――議会政治的だけでなく――無能力者のタワゴト以上の意味を認めがたいのである」（吉本などの擬制民主主義非難などを念頭に置いているものと思われる）。「民主主義は議会制民主主義につきるものではない。議会制民主主義は一定の歴史的状況における民主主義の制度的表現である。しかしおよそ民主主義を完全に体現したような制度というものは寡ても将来もないのであって、ひとはたかだかヨリ多い、あるいはヨリ少ない民主主義を語りうるにすぎない。その意味で「永久革命」とはまさに民主主義にふさわしい名辞である。なぜなら民主主義はそもそも「人民の支配」という逆説を本質的に内包した思想だからである。……民主主義は現実には民主化のプロセスとしてのみ存在し、いかなる制度にも完全には吸収されず、逆にこれを制御する運動としてギリシャの古から発展して来たのである」。

丸山の民主主義論をもう一点追加しておきたい。竹内好の発言についてのコメントである。安保闘争の際に竹内が「民主か独裁か」という大衆向けアピールを行ってたいへんな反響をよんだ。丸山は竹内のいう「民主」について辛口のコメントを行っている。「竹内氏の場合は民主主義の中核になっているのは、抵抗と運動なんですね。私にいわせれば、むしろ竹内氏は民主主義の制度的側面を無視しすぎて、アナーキスティックになっている。ちょうど一般左翼と逆の「偏向」（笑）に陥っているところがある。民主主義とは運動と制度の矛盾の統一体であって、全部運動というものじゃないし、逆にまた全部制度というものでもない、そういうものだと思うんです。……竹内氏の場合制度的側面を、あるいは組織論でいえばリーダーシップの問題を、ほとんど無視するわけです」と（『革新思想』）。ただこの時の竹内の「民主」発言は、安保闘争の現場感覚に基づくものであって、もともと政治理念などとは無縁であっただろう。竹内の中国を念頭に置いた民主主義観については後述する。竹内の「独裁」言及にもムリがあった。丸山は竹内の「独裁」にも異論を呈しているようにみえる。もともと天皇制無責任体系のもとで日本には「独裁」などありえなかったからである。「昔も今も言葉の本来の意味での「独裁」は事実としても意識の上でもないんです」と語っている（「八・一五と五・一九」『丸山集⑧』）。

安保闘争では誰もが民主主義を口にし、それぞれの思いを語った。吉本隆明が戦後民主主義の打倒を唱えて丸山眞男の民主主義論を批判していることはよく知られている。論点の一つは、丸山が、戦後の国民の「臣」から「民」への還流の行方について、「私」化による政治的無関心層の広がりに警戒感を示していることに対して、吉本は「私」化を全面的に支持していることである。「丸山はこの私的利害を優先する意識を、政治無関心派として否定的評価をあたえているが、じつはまったく逆であり、これが戦後「民主」（ブルジョア民主）の基底をなしているのである」という（吉本隆明『擬制の終焉』現代思潮社、一九六二年）。この吉本の主張は、一見したところ、戦後のブルジョワ民主主義を擁護しているかのようであるが、実はそうではない。安保闘争を契機に吉本はブルジョワ民主の擁護から打倒へと転じるが、その論拠として同じく私的利益優先を掲げている。「私的生活の基底から安保を主導する全学連派を支持する声なき声の部分をなしたのである……これらの社会の利害よりも「私」的利害を優先する自立意識は、革命的政治理論と合致してあらわれたとき、既成の前衛神話を相対化し、組織官僚主義など見むきもしない全学連の独自の行動をうみ、……」。しかしそうだとすれば、結果は自明であろう。全学連主流派を構成する多数のセクトが、私的利益を優先させ、自立して独自の行動を追求すれば、内ゲバは必至である。かくて各党派が私的利益を優先させた結果、戦後民主は内ゲバに転化したのであった。

吉本は、丸山のいう「民主」に、擬制「民主」のレッテルを貼った（進歩的啓蒙主義、擬制民主主義の典型的思考法）。そしてそのことによって、戦後民主主義の終焉という新たな神話を生み出すことになったのである。ちなみに「公」の観念は、公正と平等主義を追求する社会主義とその外延の社会民主主義の理念の中心に位置するが、吉本は日共憎しの感情にかられて、「日共の頂点から流れ出して来る一般的な潮流」をそこに見出したのである。

吉本が丸山の民主主義論を真っ向から批判しているのは、前述の『思想と行動』〔増補版〕に付された民主主義記述である。吉本の批判は「共同幻想論」（後述）を振り回すことからなっていた。「憲法」や「制度」の本質が「共同幻想」であると主張し、政治過程そのものも幻想だという。「政治過程そのものは「幻想的プロセス」であり、幻想的な手直しであり、幻想的な革命である。政治過程の処理のために議事堂という建物が実在し、議員と称する男女が実在し、政府という少数の支配者の集団がおり、多数の警察官によって守られ、自衛隊という軍隊によって予備暴力を擁していようとも、政治過程が幻想過程であるという本質の理解をさまたげるものではない」（「情況とはなにかⅡ」『自立の思想的拠点』徳間書店、一九六六年）という。

イデオロギーだけならともかく、現存の機構や制度からその運営に至るまでそのすべてに「共同幻想」の名を浴びせて批判するとすれば、日本の民主化など論外だということになろう。後述するように吉本にとっては革命幻想こそがすべてなのであった。

議会制民主主義が戦後日本の国民にとってどんなに大切なものか、丸山の言葉を引いておこう。「人民主権の上に立った議会政治は、私たち日本人が惨憺たる戦争の犠牲を払って、何百万の日本人の血を流してようやくかち得たものである。ご承知のように、帝国議会の下にあっても、議会は重要な立法機関をなしていた。あの議事堂は戦前から今日まで同じ場所に同じ威容を誇っている。しかし少なくとも敗戦前までは、日本の政治はいまだかつて議会主義の原則に立ったことはなかった。つまり先ほど述べた権力的統合の原理、もう一つは声なき声の問題とも関連しますが、消極的な黙従による支配、これが明治以来の政治体制の基本的な機能様式、機能の仕方だったと思う。それに対して、この戦後の転換がどれだけの犠牲を払ってかち得られたかを何度でも思いかえす必要があります」（「この事態の政治学的問題点」『丸山集⑧』）。

丸山の「超国家主義」論文の背景と評価をめぐる論議については次を参照。米谷論文は前掲『丸山眞男を読む』所収。佐藤卓己『八月十五日の神話――終戦記念日のメディア学』(ちくま新書、二〇〇五年)。
吉本の丸山批判は次の資料・情報にも含まれている。「再録テキスト 情況とはなにか(抄)」(『現代思想』二〇一二年七月臨時増刊号『総特集 吉本隆明の思想』に収録)。『柳田国男論・丸山真男論』(ちくま学芸文庫、二〇〇一)。

四 一九六八年問題

周知のように、丸山は一九六八年の学園紛争でアカデミズムの権威の象徴として集中砲火を浴びた。この事件の後丸山はマスコミからも「落ちた偶像」扱いされるようになったとされる。この時期には戦後各大学が抱えていた諸矛盾が一斉に噴き出していた。

当時大学は急変する時代状況から完全に取り残されていた。高度経済成長にともなって大学の数も学生数も急増していた。昭和三十五年から四十二年までに大学数は二百四十五から三百六十九に、学生数は六十七万人から一一六万人へ、二倍弱にまで増加したという(半藤『昭和史 戦前編』)。大学側は全体的にまったく対応しきれないでいた。どこの大学も施設や管理体制の面で重大な欠陥を抱えており、すし詰めの状態の授業には改善がみられなかった。教授陣も特権的な身分に安住し、マンネリ化した講義が繰り返されるというのが実情であった。

一方マスプロ教育の対象である学生側も、大学がもはやエリート養成機関ではないことを実感しており、将来についての不安を抱えていたものと想像される。

大学の事情は、公立と私立のあいだで違いがあったとしても、時代状況の変化に対応できないという点で共通項があったにちがいない。東大も例外ではあるまい。絶大な知的権威を誇る丸山が、学問内容を問われるのではなく、大学の既成秩序の擁護者として攻撃の標的とされたのはまことに皮肉なことであった。丸山のほうも全共闘の学生たちを厳しく批判していたので、大衆団交の場に引き出された丸山とセクト語を繰り返す学生のあいだに対話が成り立つはずもなかった。「全共闘の学生たちと、教師である丸山との間に、別世界の住人と言えるほどの言語不通が生じていた」とされる（苅部直『丸山眞男——リベラリストの肖像』岩波新書）。

一九六八年当時、大学の教員と学生の対話不能の状態は世界的にもある程度みられたが、世間から隔絶され大学内に限定された局地暴力の様相は、ほかの国や地域にはみられない特異性を帯びていた。東大紛争についての丸山の自己省察と情勢分析が『自己内対話』に記されていることは周知の通りである。東大法学部内のリベラルな雰囲気は丸山にとってたいへん居心地がよかったようである。しかしそれだけに、官僚機構としての東大に向ける目が乏しかったように見受けられる。政治学者としての丸山には、戦前からの伝統を背に政治の正統性を代弁してきた中央の官僚制の剔抉を期待したかった。無い物ねだりかもしれないが。

丸山眞男は一九九六年八月十五日に他界した。八月十五日というのは丸山にとって因縁の日であった。享年八十二歳であった。丸山の死後今では二十年近くがたつが、書店の店頭には今も丸山の著作集などが数多く並べられている。人気は一向に衰えないようである。

私がこの書で論及した丸山の論著は極めて限られた範囲のものである。時評（いわゆる夜店）、それも天皇制の闇の権力の実態解明と戦後民主主義に関する言説を検討したにとどまる。丸山の専門分野の政治思想史研究については私の知見が乏しいので対象外にしている。しかし私がとりあげた論説の類は今も輝きを失っていない。他に代わるものを見出し得ないのが実情である。小熊英二は論文「丸山眞男の神話と実像」（『丸山眞男――没後10年、民主主義の〈神話〉を超えて』河出書房新社、二〇〇六年）で丸山の『思想と行動』所収の論文について「日本社会、民主主義、近代、自由主義などを考えるうえで、また民主主義や近代や自由主義を日本社会にいかに適用できるかを考えるうえで、現代の読者の心を刺激し揺さぶるものを持っている。同時代に即した文章であるにもかかわらず、同時代を超える深さや普遍性があるといえます」と述べている。私も同感である。

日本の一九六八年については、小熊英二の膨大な書も刊行されているので、実証的には全体像がほぼ明らかにされているとみてよいのであろう。小熊によれば、当時の学生の間で「戦後民主主義」についての疑念が広がっていたという。「彼らが「戦後民主主義」の理念を内面化していればいるほど、眼前の受験競争や学校のあり方、現実の政治がそれを裏切っていることが目につき、「戦後民主主義」が「欺瞞」にみえていった。こうした感情が、「戦後民主主義の申し子」である世代が、「戦後民主主義」を「欺瞞」として非難する全共闘運動を展開していく素地になった」と指摘している（『1968――若者たちの叛乱とその背景（上）』新曜社、二〇〇九年）。

一九六八年の学生反乱は世界現象であった。なぜ一九六八年に世界で、という疑問に対して回答が見出されているようにはみえない。欧米でもアメリカとヨーロッパでは闘争の担い手と広がり、課題と目標、闘争形態などが大きく異なっていた。またヨーロッパ各国の間でも状況が違っていた。知見の乏しい私があえて世界の学生反乱の概況把握を試みるのは、日本の一九六八年の特異性を思わずにはいられないからである。

アメリカではベトナム反戦運動と黒人の人種差別撤廃運動が連動して大規模な学生運動や都市暴動を惹き起こした。台頭するカウンターカルチャーの運動も闘争を後押しした。一九六八年四月四日のキング牧師の暗殺は、非暴力、全国民への実態暴露、運動各勢力の連合という彼の戦術を拡散させてしまい、闘争が激化した。激しい闘争は有名大学にも広がった。カリフォルニア大学バークレー校、ハーバード大学、スタンフォード大学など。「一九六八年から六九年にかけて、全国の学園における政治がらみの爆破、同未遂、放火事件などが起こり、ゆうに一〇〇件を超えた。…一九六九年の春だけでも全米学生数の三分の一を抱える三〇〇の大学でかなりの規模のデモが行なわれ、その四分の一でストライキ、建造物占拠、さらに四分の一では授業妨害、管理妨害、そして五分の一では爆破、放火あるいは器物破壊が行なわれた」(『60年代アメリカ――希望と怒りの日々』彩流社、一九九三年)。

ヨーロッパではフランスの「五月事件」がとりわけ有名である(以下ヨーロッパについての記述と引用は、主としてトニー・ジャット『ヨーロッパ戦後史(上)』(みすず書房、二〇〇八年)による。フランスの学生たちのソルボンヌ占拠に端を発した紛争は、「学生反乱と選挙が引き金となって、一連の全国的なストライキや職場占拠が起こり、五月末にはフランス全体がほぼ休業状態に立ち至った」。ただ、近代フランス最大の社会的抗議運動へと発展したこの運動は、奇妙なことに「彼らがいったい何をしようとしていたのか、しかと答えることはむずかしい」という。目的が不明なのであった。指導者たちのイデオロギーはさまざまで、トロツキストや毛沢東主義者がひと目を引いた。フランスの伝統的叛乱にみられるすべての徴候―武器を持つデモ隊、街頭バリケード、戦略的な建物や交差点の占拠、政治的な要求と対抗要求―がみられたが、何一つ実質はなく、これは「革命ではなくパーティーだった」と評されている。ただ「働くことをやめた何百万の人たちに、学生たちと共通するものが少なくとも一つあった。彼らなりの個別の不平が何であれ、彼らがとりわけ不満を抱いていたのは自分たちの存在条件だった。彼らは労働の取り引き条件を改善するよりも、自分たちの生き方に関する何かを変えたいと望んでいた」。「一九六八年のフランスの「サイコドラマ」（アロンの言葉）は、「過去の人間生活の無感覚・灰色・退屈さに対して「生命」と「エネルギー」と「自由」とが対比されたかっこいい闘争」であったという。政治目的として学生指導者の一部と分別あるはずの一握りの年長政治家たちが、政府当局（ド・ゴール大統領）は無力だ、今こそ権力掌握だ、と呼びかけたというが、レーモン・アロンは「普通選挙で選ばれた大統領の追放は、国王の追放とはわけがちがう」と述べていたという。五月末の臨時選挙でド・ゴール派が圧勝し、「五月事件」に幕が下ろされた

折から事件の最中にマルクス生誕一五〇年を記念する会議に出席するためにパリを訪れていた英国のコミュニストのボブズホームは、「私のような中年左翼にとっては、一九六八年五月、さらには一九六〇年代の全体は非常に喜ばしいものであると同時に、非常に不可解なものだった」と記している。以前は革命は政治的目標を持っていたが、「これらの若者を街頭に駆り立てたものが何であったにせよ、それはこうした目標とは違っていた」という。ホブズボームは運動に共感を寄せながらも、とまどいを隠せなかったとみえて、「共感のない観察者」であるレーモン・アロンの「目標というものがまったくなかった」、「サイコドラマ」だったと解すべきだ、という見解にあえて言及している。

ドイツの一九六八年は日本の学生反乱といくぶんか似ていたかもしれない。キリスト教民主党進出の一九六六―一九六九年のドイツの首相キージンガーはかってナチ党員であった。この政権に社会民主党が加わって大連合政権が成立、政権は対内的、対外的非常事態への対応を求めて治安維持的性格を帯びた「非常事態法」(西独の置かれた国際環境が背景に)を提起、是非をめぐって論争が巻き起こった。労働組合や「議会外左翼」、学生急進派が反対した。労組の反対は限定的であったが、過激派がボン政権への対決を呼びかけた。学生たちの急進化の背景には、ヨーロッパの各大学がかかえる「過密な学生寮や授業、疎遠で近寄りがたい教授連中、退屈で独創性のない講義」といった大学問題やベトナム反戦運動、イデオロギーなど各国共通の問題もかかわっていた。だが、「ヨーロッパにおける他国の六〇年代運動よりも際立って「反西欧」を標榜していた各セクト」の暴力は異常な高まりをみせた。「ドイツ社会主義学生同盟」の指導者ドウチュケがネオ・ナチの共鳴者に殺害されると、「その後怒りの数週間にベルリンだけで二人が殺され、四〇〇〇人が負傷した。キージンガー政府は「非常事態法」を成立させ、…ボンは必要とあれば布告によって統治できることになった。――そしてちょうど三五年前のワイマールと同じように、ボン共和国は今や崩壊の危機に立っているという恐怖があまねく湧き起った」という。「非常事態法」に反対していたハーバーマスなどの著明な知識人たちが、「民主的理性の回復」を訴え、学生・政府双方に共和国の法律の順守を呼びかけた。暴力化した学生セクトは、あるいは日本の全共闘と類似点があるかもしれないが、彼らの多くは東ドイツやモスクワから秘かに資金援助を得ていたとされる。

欧米の一九六八年と比較すると、一九六八年の全共闘を中心とする日本の学生反乱は、社会的広がりをまったく欠いており、労働組合などとの連携もなければ市民の議会外闘争への参入もみられなかった。いわば「コップの中の嵐」の観を否めない闘争であった。またそれに加えて、暴徒化した学生たちの丸山に対する攻撃に対して、知識人たちの「民主的理性の回復」を訴える声も聞こえてこなかった。それどころか、東大全共闘支持の声明書を発した著名な知識人たちがいた。吉本隆明が記しているところによれば、梅本克己、野間宏、鶴見俊輔、いいだ・もも、などにくわえて、「羽仁五郎や井上清はひとりひとりといった同伴者でしょう」とみていた。このとき「昼寝」宣言をしていた吉本がこれらの知識人を非難しているのは奇妙な構図ではあるが（吉本隆明『情況への発言』。筆者は二〇一一年発刊の洋泉社版『完本情況への発言』を参考にしたが以降の略記は『情況への発言』とする）。

ここで一九六八年を海外で経験した加藤周一の見聞と印象記をつけ加えておく（「加藤周一・一九六八年を語る」『私にとっての20世紀――付 最後のメッセージ』岩波現代文庫、二〇〇九年）。

一九六八年七月に「プラハの春」の現地を訪れたときの感想について加藤はこう述べている。

「プラハの春」が一晩で粉砕されたために「私の考えは社会主義の未来がダメになった、希望を絶たれた、と。……もう自由な社会主義という可能性はなくなった」。「私のプラハの結論というのは、言葉と戦車が対立した。言葉に関する限り、チェコスロヴァキアは、ソ連の一〇〇倍の力を持っていた」。だがソ連の戦車に踏みつぶされたのであった。「プラハまでは私は社会主義に希望を持っていたわけですが、プラハ以後はいくらやっていても埒が明かないだろうと思いました」。

加藤は「五月革命」が終わった直後のパリを訪れている。加藤によれば、第二次大戦によっても社会的価値観はそれほど変わらず、一種の閉塞感（職はあり食べられるけれど、先が知れている）が累積していた。「二〇世紀から二一世紀へ積み残した閉塞感を根本的に変える必要がある。……五月革命のパリでは、生涯を変えよう、生活を変えよう」が人々の意識を支配していた。当時はアメリカでも日本でも学生や若い知識人たちの激しい抗議運動が広がっていた。「全然似ていない状況のもとで酷似した戦闘が起こるのはどうしてなのかという問題ですね。しかし、それははっきりした理由と論点のない、茫漠とした、しかし非常に強い閉塞の感情だと思いますね。閉塞感。それは資本主義の発展の波の中に、それは必然的に現れるんだと思います」。これが加藤の回答であった。

加藤は、東大全共闘を中心とした学生運動について、テレビやラジオを通じて聞き知っていたという。カナダのバンクーバーで学生と接触していたこともあって、強い関心を持ち続けていたのであろう。「外国の場合はヨーロッパにしても北米にしても中産階級ヴァリューに対する反抗の面が強かったんですよ」。日本ではそれがほとんどなかった。中産階級価値観がないか、弱いから。「労働者階級がそれほどミゼラブルじゃない。中産階級との区別がボヤッとしていて、当時は「全国中産階級」（一億総中流）という標語さえあったでしょ」、と加藤は語っている。実際には日本の経済がなお流動的で安定した中産階級が未成熟であったとみたほうがよいのかもしれない。

日本国内の一九六八年問題については小熊英二『1968――若者たちの叛乱とその背景』（新曜社、二〇〇九年）。ヨーロッパの一九六八年について私の手許にある情報はきわめて乏しい。ごく大雑把な概況を描くにとどめざるを得ない。

トニー・ジャット『ヨーロッパ戦後史――1945－1971（上）』（みすず書房、二〇〇八年）。エリック・ホブズボーム『わが20世紀・面白い時代』（三省堂、二〇〇四年）。平島健司「大連合の歴史的諸相――キージンガー政権と西ドイツの民主主義」（犬童一男他編『戦後デモクラシーの安定』岩波書店、一九八九年）。「加藤周一 1968年を語る」（加藤周一『私にとっての20世紀――付 最後のメッセージ』岩波現代文庫）。

アメリカの一九六〇年の概況は、トッド・ギドリン『60年代アメリカ――希望と怒りの日々』、ピーター・N・キャロル『70年代アメリカ――なにも起こらなかったかのように』（ともに彩流社、一九九三、九四年）

補論① 「ラスキの時代」の示唆するもの

戦後民主主義の理念の追求は、ラスキ（Harold Laski・1893-1950）の著書の翻訳、紹介をもって始まったという印象を私は持っている。一九五一年から翌年にかけて、次の翻訳書、『信仰・理性・文明——ある歴史的分析の試みとして』（岩波現代叢書、一九五一年）、『近代国家における自由』（岩波現代叢書、一九五一年）、『国家——理論と現実』（岩波現代叢書、一九五二年）が相次いで出版され、しばらく間をおいて『現代革命の考察』（みすず書房、一九六九年）が刊行された。当時の日本の知識人層の民主主義理念に対する渇望が背景にあったものと考えられる。またそれに加えて、政治の逆流に対する知識人たちの懸念も関わっていたであろう。朝鮮戦争勃発後の冷戦の激化にともなって、レッド・パージ、追放解除など占領政策の右旋回が顕著になっていた。日本がどこに向かうのか不安が高まっていた。

『信仰・理性・文明——ある歴史的分析の試みとして』（岩波現代新書、一九五一年。原書は一九四三年刊）の「訳者序」で、中野好夫は同書が戦後反動への警告の書だと記している。連合国側が勝利したにもかかわらず「戦後おそらく起るであろう現實政治の擡頭、反動攻勢の激化、ふたたび二つの世界對立の可能性などを、すでに當時の情勢分析によって警告しているが、戦後六年、今日の世界の動きは、一々彼の警告に對して思い當るものがあるはずだ」。

冷戦下で東西両陣営のあいだの緊張が高まるなかで、当時の日本の知識人のあいだでは、マルクス主義者でなくても、反共主義、帝国主義のアメリカに対してよりも、ソ連をはじめとする社会主義陣営に親しみを覚える人が多かったのではなかろうか。もちろん日本の針路についての期待とも関わっており、民主主義に社会主義的要素を取り込んだ政策に希望を託すというのが、当時としては自然であったように思われる。

丸山眞男にもそういう傾向が認められる。自らをリベラリストと位置づけながらも、終始マルクス主義、社会主義に強い関心を持ち続けていた。梅本克己、佐藤昇との鼎談（『革新思想』）で次のように語っている。「私など幸か不幸か外からは近代政治学の旗頭、少なくとも代表の一人、というレッテルをはられているけれども、政治学界の内部からみれば、私なんかやはりマルクス主義的なシッポをどうしても断ち切れない、哀れな戦前派の老人なんです。（笑）まあ戦後マルクス主義者をのぞけば、非マルクス政治学者のなかで、マルクス主義を青年時代からの常識的教養として持っている最後の世代かもしれない」。

丸山の民主主義理念の位置を測定するには、ラスキ著についての書評や解説を点検するのがよい。学生時代からラスキの著作に強い関心を持っていた丸山は、戦後ラスキ紹介で中心的な役割を果たしている。戦中に執筆された短評（『近代国家における自由』）を除いて、戦後に執筆された二篇の紹介文は、『思想と行動』下巻に採録されているが、特別のタイトルを付した長文の独立論文扱いの論説である。とりわけ興味深いのは、同書第二部の「追記」である。長年のラスキにたいする思いを語っている。

「ハロルド・ラスキは私の学生時代に、政治学に対する興味を喚起するのに最も与って力のあった学者の一人であった。…マルクス主義からの転向が日本の思想界のモードとなっていた折も折、この骨の髄からの西欧民主主義者のマルクス主義への著しい接近は私に強烈な印象を植えつけずにはおかなかった」（戦中にソ連との団結を訴えるラスキ著の書評を丸山が発表していること自体が、丸山が所属する学問世界の特異性を表しているであろう）。ラスキの学問的業績は活動の前半に集中していて、後期の著作は「煽動家的」臭味が強いといわれるが、「私の正直な印象では、ラスキをユニークにしているのはむしろ「学問的」に評判の悪い後期なのである」。「問題は彼が『正統』自由主義者と『正統』共産主義者の両側から非難を浴びながら、何故最後まで危い橋を渡ることを止めなかったかにある。…共産主義者の途を歩むには、彼の西欧民主主義の伝統に対する愛着はあまりに深かった。ロシア革命の世界史的意義を偏見なく承認しながらも、あの様な型の革命が払う犠牲の巨大さは到底その目的を償いえぬものと思われた。かくて本書にいう『同意による革命』がこのジレンマからの唯一の活路として残されたのである。従来の社会民主主義が現実に辿った様な『同意による改良』にとどまらず、さりとて『暴力による革命』の途を避け、革命という社会の巨大な質的転換をいかにして民主主義的方式を維持しつつ達成するか。その課題がいかに巨大な困難を包蔵するかを知りすぎるほど知りながら、ラスキは敢えてその方向に懸命の模索をつづけたのである」。丸山は「西欧民主主義と共産主義との間を何とかして架橋しようとする晩年のラスキの懸命な努力」に称賛を惜しまない。おそらく自らの姿勢を重ね合わせていたのであろう。

ラスキは政治の領域をはじめてアカデミズムの研究対象にしたとされる。広義の政治に関わる膨大な学術書を残している。同時に、ラスキはメディアを通じて世論への働きかけを続けることで、著名な左翼の知識人として知られていた。

ラスキは学者、評論家として活動しただけではなく、政治家としても傑出した活動歴を持っている。労働党左派のオピニオンリーダーであり、最高指導者の一人でもあった。生涯にわたってラスキはペンで闘っただけでなく、政治家として自分が信じる社会主義の理想を実現するために奮闘した。

ラスキは、ニューディールの時代のアメリカにおいてもっとも著名な英国人であったとされる。アメリカにも長期間滞在して、合衆国最高裁判所判事のホームズとの知的交流やルーズベルト大統領との度重なる面談などを通じて、アメリカにおいても名声を博していた。

ラスキの活躍が際立っていたのは一九三〇年代であった。世界恐慌、ファシズムの台頭、人民戦線戦術提起と続く時代に、反ファシズム勢力の結集と社会主義化を目指して闘い、世間の注目を一身に集めた。ラスキの死後、オックスフォードの歴史家マックス・ベロフが「ラスキの時代」と呼んだことはよく知られている。

一九三〇年代にラスキはフェビアン社会主義者からマルクス主義者に転換したとされる。だがそれ以後もラスキはリベラリズムの理念にこだわり続けた。ラスキのマルクス主義理解は個性的でドグマとは無縁であった。英国が第二次大戦に突入し、チャーチルの率いる保守党と労働党が挙国一致政府を組んでファシズムと戦うようになると、ラスキは戦時動員に基づいて産業の政府管理、経済計画、私的利益追求の規制など、社会主義的政策の導入を要求し、国民各層の「同意による革命」を提唱した。だがラスキの過激な主張は労働党主流派の同意が得られなかった。穏健派の党首アトリーと対立し、ラスキの影響力は低下した。ちなみに、大戦中の一九四二年十二月に労働党は福祉国家の青写真とされるベバリッジ報告を提出していた。児童手当と国営医療サービスを前提条件とし、失業と老齢による所得喪失を社会保険でカバーするという構想であった。戦後アトリー政権は、フェビアン社会主義の影響を強く受けたこの構想を実質的に受け入れた。社会主義化を志向するラスキからみればもの足りなく感じられたであろうが。

大戦後冷戦が深刻化するなかでラスキは、一九五〇年三月二十四日に失意のうちに逝去した。

マッカーシズムの時代に突入したアメリカにラスキの言い分が無視されたのは不思議でない。英国ではラスキ評価の激変がそれほど露骨に表れることはなかったとされるが、冷戦の影響を免れるわけにはいかなかった。

冷戦終焉後の一九九三年、ラスキ評伝の大著二冊が英国で刊行され、次いで二〇〇五年にはアメリカにおけるラスキの活動を描いた書もアメリカで刊行されている。ラスキ評伝の一冊（後述Kramnick & Sheerman）は、四部からなる書の第三部一九三〇年代を「ラスキの時代」にみたてている。いずれの書も冷戦の犠牲者ラスキの名誉回復を企図しているが、ようやくラスキの言動について正当な歴史的評価を行いうる時期が到来したということであろう。

世界で社会主義体制が全面崩壊した今日、ラスキの「同意による革命」論やソ連贔屓の主張が過去のエピソードでしかなくなったことは明らかである。だが「ラスキの時代」の英米民主主義が政治目標として平等主義と社会的公正について最大限の追求を行ったこと、フェビアン社会主義とニューディールに通じ合うものが含まれていたこと、これらの点を「ラスキの時代」の再点検を通じて確認することができる。

それではこの時代の日本はどうであったか。概括的にいって、同時期の日本人が対極的政治体験を味わったことは、詳述するまでもあるまい。一例を挙げると、一九三八年、日中戦争が泥沼化する中で、国家総動員法が発令され、戦時動員に合わせて徹底的な政治弾圧と思想統制が強行された。文部省が刊行した『国体の本義』は、「共産主義はもとより個人主義、自由主義をも排撃して、「天皇に絶対随順する道」が「国民の唯一の生きる道」であると指示した」のであった（林茂『日本の歴史㉕　太平洋戦争』中公文庫、一九七四年）。

丸山のラスキ評に話を戻すことにしよう。

丸山に限らず、ラスキの著書の翻訳、刊行は、戦後日本の民主化の道を模索する知識人たちに大きな刺激を与えたに違いない。社会主義的要素を加味した日本独自の民主化の道をどこに見出すべきか、手掛かりが得られるかもしれというわけである。ただし、当時の知識人の世界では日共とそのシンパが多大の影響力をもっていたので、リベラル左派の知識人の広がりは限定的であったかもしれないが。

戦後の知識人の親ソ感情は長くは続かなかった。スターリン神話に終止符を打つ契機となったのは、一九六五六年のフルシチョフによるスターリン批判であった。スターリンの血の粛清を暴き、スターに対する個人崇拝を激しく非難したために、スターリンの威信がいっきに地に墜ちた。各国共産党では離党者が続出した。

丸山は、社会主義陣営の動向に終始強い関心を持ち続けていたが、「スターリン批判」の直後に発表された長文の論評「「スターリン批判」における政治の論理」（『思想と行動』（下））には驚かされる。単なる論評というよりも、社会主義政治との格闘を思わせる知的営為である。同論文の追記で、論文の狙いが政治の認識方法の観点から再批判することにあった、と述べている。フルシチョフ報告を契機に各国共産党が自己批判を行なったが、そこには著しい類型性が認められるという。共産党的思考様式として、状況を視野に入れずすべてを本質に帰す「本質顕現的」思考法（「ついに正体を暴露した」）を指摘し、この論理の裏返しともいえる革命神話の矛盾に言及している。「プロレタリアートが「本質的に」革命的であり、しかも共産党がつねに革命の前衛であるならば、具体的な革命の失敗は共産党以外の社会民主主義的指導者の裏切りによってしか説明できなくなるのも当然である」。

社会主義世界の「自由化」に力点を置くこの論文においては、西欧民主主義と共産主義との架橋の熱意はすでに失はれている。だが丸山の社会主義諸国の現況把握が時代の制約を免れているわけではない。とくに中国共産党の公式見解に背後事情が分からぬまま理解を示そうとしているが、無理をしている感は否めない。中国は丸山にとっても鬼門であった。

丸山は「追記」で社会主義世界の「自由化」の実質的課題、「とくにマルクス・レーニン主義の原理的問題」についての見解を提示している。「自由化」の将来については、「社会主義国と革命政党が構造の点でも機能面でも多元化し独自化する傾向はいかなる力をもってしても押しとどめることはできない」としたうえで、「「スターリン批判」を下から支えている基因はまさにソヴィエト体制の新たな受益者層であり、かつ明日のエリットを生む基盤であるところの技術インテリゲンチャ、学生、熟練労働者、工場ないしコルホーズ指導者などによる国家機構と統治過程の合理性と可測性への要求」であるである。ただ「自由化」はイデオロギー面ではとりわけ困難であるが、「マルクス主義がいかに大きな真理性と歴史的意義をもっているにしても、それは人類の達した最後の世界観ではない。やがてそれは思想史の一定の段階のなかにそれにふさわしい座を占めるようになる」という。丸山のマルクス主義観の最終帰結であった。

一九九三年にラスキ評伝の大著2冊が刊行されている。Michael Newman,"Harold Laski: A Political Biography"(Macmilan). Isaac Kramnick and Barry Sheerman, "Harold Laski :A Life on the Left" (Hamish Hamiltonn). ニューディールとラスキについてはGary Dean Best, "Harold Laski and American Liberalism" (Transaction Publishers,2005).

日本のラスキ研究の好著を挙げておく。小笠原欣幸『ハロルド・ラスキ——政治に挑んだ政治学者』(勁草書房、一九八七年)。

ベバリッジ報告の作成経過と福祉国家形成については犬童一男「福祉国家と社会主義」(犬童他編『戦後デモクラシーの安定』岩波書店、一九八九年)。小峯敦「ベヴァリッジ福祉社会論」(小峯敦編『福祉国家の経済思想——自由と統制の統合』ナカニシヤ出版、二〇〇六年)。

補論②　天皇制下の総力戦体制

高岡裕之『総力戦体制と「福祉国家」――戦時期日本の「社会改革」構想』（岩波書店、二〇一一年）によれば、「一九九〇年代になると、今度は総力戦による現代化・近代化に現代＝戦後社会の原型があることを強調する一連の研究―ここではそれらを総力戦体制論と総称する―が台頭することとなった」という。「今度は」というのは、一九七〇年頃までの通説は広義の「天皇制ファシズム論」であり、日本ファシズムの「反近代」ないし「前近代」的性格が強調されていた。「「天皇制ファシズム」論が戦時期日本を「前近代的」（「反封建的」）「反近代的」「非合理的」な側面に力点を置いて描き出したのは、「政治・社会構造の徹底的な民主主義化・近代化」を目指す「戦後民主主義思想」の同時代的な課題意識に照応していたのである」とする。しかし「一九七〇年代を境に通説的地位を失い、七〇年代から八〇年代にかけては、「日本ファシズム」の近代的ないし「疑似革命」的側面に注目した研究が主流を占めるようになった」としている。

私は「丸山眞男と戦後民主主義」の解明に基づいてこのような流行観念が浅薄きわまると考え

る。

高岡は、総力戦に関する山内靖説を引いて「戦後の民主主義も「国民国家による統合をより強化するという傾向から自由ではありえない」ことが指摘され」ており、また同書が「福祉国家(welfare-state)は、実のところ、戦争国家(warfare-state)と等記号によって繋がっている」という歴史像を提示していることを、「総力戦体制論」の主要な論拠としている。

高岳説についての問題点ないし疑問点を以下に列挙することにしよう。第一に、二つの世界大戦を契機にグローバル化現象が顕著になり、各国の政策に共通する要素がとりこまれた。戦時動員策にも共通性が見出せる。だが戦時動員策がつくり出した国家権力の集中や大衆動員、民衆の生活面への配慮が、戦後の政治の民主化や福祉国家形成の主要な要因であったと考えるのは、近代化の多面性と各国の個別事情を視野に入れない論議である。例えば経済の計画化は、第一次大戦期にドイツで始まり、ロシア革命後のソ連で社会主義経済システムの核心とされた。また大恐慌後のアメリカのニューディール政策にも計画化の要素が取り込まれた。戦時動員策にも共通性がみられないわけではない。だが戦時動員の発現形態には各国によって大きな違いがあった。

第二次大戦期に英国でスタートした福祉国家の形成も、計画化理念とこれと一体化した広義の社会主義理念(フェビアン社会主義)が生み出したものであった。福祉国家は一九六〇年代にヨーロッパの主要国に広がり、日本でも一九六一年に国民「皆保険」が実現した。しかし福祉国家に至る道程とその後の歩みは各国で大きく異なる。福祉国家形成を戦後のヨーロッパ各国の国民がなぜ共通目標にすることができたのか、普遍的な価値志向こそが問われなければなるまい。第二に、山之内のいうニューディール型民主主義が何を意味しているのか、いっこうに明らかでない。世界恐慌後に生まれた公共投資を柱とするニューディールを「総力戦体制のもとで進行した編成替え」と捉え、「巨大化した組織」としてのファシズムとの共通性を強調したいようであるが、民主主義の内実は国によって多様であった。戦後、福祉国家形成への道を歩んだ英国の労働党政権下の民主主義と、マッカーシズムによってニューディールが解体されたアメリカ民主主義とは絶大な距離があった。かって拙著『対話と断絶――アメリカ知識人と現代アジア』（筑摩書房、一九八一年）でマッカーシズム下のアメリカの政治風潮の一端に触れたことがある（第四章〝ラティモア・ケース〟）。参照していただければと思う。またアメリカは今なお福祉国家とは言えない。国民皆保険がいまだに実現できないでいる国である。

私が丸山の戦後民主主義論を検討する前にまず確認したことは、敗戦後の日本には民主主義の理念すらなく、大正デモクラシーの論者たちも天皇制思考に大きく拘束されていたということである。敗戦後二十年以上を経た一九六八年、吉本隆明と全共闘が戦後民主主義の破綻を宣言したとき、戦後民主主義の模索がようやく緒についたばかりであった。「総力戦体制論」の最大の難点は、天皇制「無責任体系」をまったく視野に入れておらず、歴史と伝統の重みを考慮していないということである。

第三に、ドイツにおける戦時の社会再編（同質化＝画一化）と日本の総力戦体制下の社会変動に注目する雨宮昭一『戦時戦後体制論』を高岡は自説の補強材料にしている。だが雨宮が参照するダーレンドルフ・テーゼはドイツで一般に承認されているわけではなさそうである。山口定「西ドイツにおけるデモクラシーの再建」（山口ほか編『戦後デモクラシーの成立』岩波書店、一九八八年）に基づいて、ドイツにおけるダーレンドルフ説の受容をめぐる論議の概要を摘記することにしよう。私の理解が間違っていなければよいが。

山口論文によれば、敗戦後の「ドイツ連邦共和国は、その出発時においては、依拠すべき積極的伝統や自己のアイデンティティが極端なまでに不明確な民主主義国家であった」。民主主義とはいうものの外国占領軍によって「命令された民主主義」であった。しかし民主主義自体は日本と違ってワイマール共和国で実験済みであった。敗戦から一九六〇年に至るまでの時期の性格をどうみるべきか、ドイツの学会で「連続性・非連続性」論争が起きたという。論争は、敗戦後の出発を「復古」とみるべきか、「新しい出発」とみるべきか、この争点をめぐって闘われた。「復古」というのは、ワイマール共和制期の自由主義と民主主義への回帰ではなく、戦後の再編への失望感が生み出した保守主義的、帝政主義的な伝統への回帰ではないかという懐疑主義を表していたようである。一方、戦後ドイツが「新しい出発」であったとする説は、実は一九七〇年代に入ってから唱えられるようになったのであって、その原型が一九六五年に出版されたダーレンドルフの著書によって提示されたのだという。ダーレンドルフがこの書で強調したのは、「反近代」を標榜したはずのナチズムの全体主義的支配が発揮した「意図せざる近代化効果」であった。ナチズムがもたらした「「近代化」とは、「全体主義権力」による家族や教会や職業や地域の生活社会における伝統的結合関係の破壊ということであり、そのことが「国家生活における市民の役割の確立」という意味での「近代性」をドイツ社会においても実現する道を開いたのだとされる。したがって、逆説的ながら、戦後ドイツに「復古」はないというのであった。だがこのダーレンドルフ説に対しては、ナチズムの逆説的「近代化」効果の一面的で過大な評価だとする批判が出されているという。その後のドイツでは、戦後の「資本主義的、官僚的連続性」の面と戦後に新しく芽生えた「民主的な新しい出発」とされる「非連続」の諸要素についての吟味がコッカによってなされていて、非連続6項目の一つに、一九四五年の転換が「ドイツ史上初めて、機能しうる議会制民主主義の憲法体制を生み落した」ことが挙げられているとのことである。つまるところ、ドイツの民主化要因についても多面的な考察が必要だということであろう。またそれに加えて、東西両ドイツ共存を前提とした戦後のドイツ経験は、ヨーロッパの中でも極めて特異なものであった。

ちなみに丸山は、日・独「グライヒシャルトゥング」が知識人に与えた共通性と相違についてこう語っている。「一八七〇年以後の日本の「近代化」は、教会・自治都市・大学・職業ギルド・地域的団体《ゲマインデ》などの、国家と国民の中間にある自主的勢力の抵抗をほとんど受けないで進行したために、義務教育の普及とコミュニケーション網の発達は、すでに軍国的全体主義の登場に先立って、帝国臣民の間に一種の知的かつ感情的なグライヒシャルトゥングを成立させておりました。ナチ・ドイツが『二十世紀の神話』（A・ローゼンベルク）を新たに創作せねばならなかったのにたいして、日本は国民の精神的総動員のために、二十世紀前の「神話」から、皇室を中心とする「建国」の由来にかんする部分を引き出して強調すれば足りたのです」（『後衛』）。

日本の知識人は結局「国体」観念に吸収されることで変身を遂げたのであった。

第四に、天皇制下の総動員体制には大きな制約があった。天皇制の社会基盤である地主制と部落共同体（ムラ）には手を付けられなかったからである。部落共同体は農民にとって命綱であった。四〇年も前のことであるが、拙著『満州移民の村——信州泰阜村の昭和史』執筆時に、信州泰阜村で移民関係者にインタビューをしたことがある。満州移民というのは、昭和恐慌下の窮状を打開するために、村の更生と引き換えに農本主義者と軍・官が強要する移民計画に関係者が応じざるを得なかったのである。敗戦後満州分村はもちろん壊滅した。戦後かろうじて命を長らえた人たちがぽつり、ぽつりと村に帰ってきた。その人たちを受け入れたのもまた村であった。村落共同体が過疎の村になるのは戦後かなりの時を経てからである。高岡は満州移民すらも戦時期の「近代化」要因として描きたいようであるが、官僚の計画に対しては下からの目線こそが大切だといいたい。

高岡は、戦時下の「社会国家」構想と戦後社会との間の連続面として、国民保険制度の普及を強調したいようである。この分野について私は知見が乏しいので断定はできないが、朝日新聞の「昭和史再訪」（二〇一二年九月十五日）が一九三八年八月の「国民健康保険組合の発足」を採り上げている。記事の上段に「互助の芽育て続けて皆保険」の語が記されている。普及の背景には「講のような相互扶助の伝統」も関わっているという。要するに村という伝統集団にのっかって普及がはかられたということであろう。あるいは集団の解体ではなく、結束強化に連なったかもしれない。

地主制の解体は占領政策をまたなければならなかった。農業官僚は、戦時期に立案した農地改革構想をあげつらうのが常であるが、自らの手では実施できず、占領軍の指令をまつほかなかった。ジョン・ダワー『昭和』の次の記述はほぼ妥当なところであろう。「一九四六年から四八年のあいだに実施された農地改革は、地主の地位を奪い、借地は事実上一掃された。これは、国内市場の拡大と日本の成熟したブルジョワ資本主義の達成においては決定的な一歩であり、これが非常に迅速かつ円滑になしとげられた原因は、戦争と敗北という例外的な状況にあらかた帰すことができる。農地改革は、戦勝国であるアメリカによって導入された「非軍事化と民主化」計画の中核をなすもので、勝者のふりかざす権威が、改革の徹底的な履行を確実にするのに不可欠だったことは議論の余地がない」。ダワーは改革を実施するうえで日本人の学者や官僚の専門的知識が役だったことや、戦時中の食糧統制政策によって地主制が打撃を蒙ったことにも言及している。だが戦前の小作制度の実態、耕地の四六パーセントは小作人が耕作していたし、小作料が物納で平均的な作柄の五〇パーセント強であったなど、こうした慣行が「発展しつつある経済のなかでも巨大な「反封建」部門として長く存続して」いたし、「日本の農村部には貧困と社会不安が蔓延していた」と指摘している。天皇制下の総動員体制のこれが実態であった。

総力戦体制に関する書は高岡の著書のほか、山之内靖、ヴィクター・コシュマン、成田龍一編『総力戦と現代化』（柏書房、一九九五年）。雨宮昭一『戦時戦後体制論』（岩波書店、一九九七年）。ドイツにおけるダーレンドルフ説をめぐる論議を紹介している山口論文の出所は本文中に記した。拙著『満州移民の村——信州泰阜村の昭和史』は一九七七年、筑摩書房刊。ジョン・ダワーの二著は前に挙げた。

第二章　竹内好と中国・アジア問題

一　竹内の中国論の功罪

①日本人の中国観への痛撃と日中近代化比較

日本の敗戦は、一九三一年の満州事変（「九・一八」）に始まる「十五年戦争」のゆきつくところであった。抗日中国の友であったエドガー・スノーなどは、満州における日本の侵略戦争が世界大戦の導火線になることを、早い時期から予見していた。中国における戦火が中国外に燃えひろがるのが必至だとみていたのである。

戦後の日本人は、太平洋戦争はアメリカに敗れたのだと考え、中国に敗れたという意識は乏しかった。一般の日本人は、戦争の原因を深く考えようとせず、戦前からの中国蔑視観も容易に変わらなかった。

戦後の日本人の中国観に抜本的な転換を迫る衝撃的な発言を続けたのが竹内であった。ただし進歩派知識人の場合は、中国に対する侵略戦争についての罪責感を共有していて、中国・アジア問題は誰の心にも重しとしてのしかかっていた。ただ竹内の発言には他の追随を許さぬものがあった。中国学者竹内の中国体験を背負っての発言と、時代に全身をもって立ち向かうかのような姿勢が、竹内の言動の基底を貫いていたからである。敗戦後のある時期、竹内は、中国・アジア問題を一人で背負っているかのような印象を与えた。

戦後竹内が論壇の注目を集めるきっかけとなった論説が、一九四八年十一月に発表された「中国の近代と日本の近代―魯迅を手がかりとして」であった。中心的な論点は二つ。一つは、近代化という普遍主義の概念を先進・後進という物差しを当てはめて測るのではなく、西洋の拡張と東方の抵抗という対抗関係として把握したことである。「ヨーロッパと東洋は対立概念である」という。近代化にヨーロッパへの抵抗の度合いという基準を当てはめるとどうなるか。

竹内の第二の論点、日中近代化の対比はこの点にかかわっている。日本はヨーロッパに対してほとんど抵抗を示さず、近代化の途を突き進んだ。だが中国は違う。抵抗のあり方が日本と中国では違っていて、中国の抵抗は底が深く、抵抗が徹底的であるために、「革命」にこだわり続けるのだという。「日本文化は、革命という歴史の断絶を経過しなかった。過去を断ち切ることによって新しく生れ出る、古いものが甦る、という動きがなかった」。明治維新は革命であると同時に反革命でもあった。「日本の進歩主義は、完全に反動の根を絶った。しかし、それといっしょに革命そのものの根も絶った」のだ。

竹内の論説が日本人に多大の衝撃を与えたのは、日中比較において中国の価値的優位を示唆したからであろう。日本人が持ち続けていた優越感に鉄槌を下したのである。敗戦によって意気消沈していた日本人に深刻な課題を突き付けることになった。

竹内は日中近代化比較論をその後も語り続けた。その延長線上にあるのが、講演記録である「方法としてのアジア」である。（当初の記録稿は一九六一年刊の武田清子編『思想史の方法と対象』に採録。加筆、修正したうえで再発表）。文中で、一九一九年の五四運動の時期に中国に二年間滞在したアメリカの哲学者・教育者であるジョン・デューイの説を引いて、自説を裏付けるものとしている。「デューイの考え方によれば、元の中国的なものは非常に強固で崩れない。だから近代化にすぐ適応できない。ところが一旦それが入って来ると、構造的なものをこわして、中から自発的な力を生み出す。そこに質的な差が生ずるということです。表面は混乱しているけれども、西洋人の目から見た近代性という点ではるかに中国のほうが日本よりも本質的であるということを言っております」。

竹内はこの講演でもう一つの持論である東西文化の対抗関係について、一歩踏み込んだ発言をしている。竹内はいう。自由とか平等とかいう文化価値が世界共通であることを認める。そしてその上で、「西欧的な優れた文化価値を、より大規模に実現するために、西洋をもう一度東洋によって包み直す。逆に西洋自身をこちらから変革する。文化的な巻返し、あるいは価値の上の巻き返しによって普遍性をつくり出す。東洋の力が西洋の生み出した普遍的な価値をより高めるために西洋を変革する。これが東対西の今の問題になっている。これは政治上の問題であると同時に文化上の問題である。日本人もそういう構想をもたなければならない」。

竹内は、この文言に続いて、どう解釈すべきかをめぐってさまざまな論議を惹き起こした一文を記している。いわく。「その巻き返すときに、自分の中に独自のものがなければならない。それは何かというと、おそらくそういうものが実体としてあるとは思わない。しかし方法としては、つまり主体形成の過程としては、ありうるのではないか思ったので、「方法としてのアジア」という題をつけたわけですが、それを明確に規定することは私にもできないのです」。

文中の「主体形成の過程としては」の部分は、当初の講義記録にはなかったが、のちに竹内が加筆したものという。自分でも説明不足と感じたのであろう。この一文をめぐって、何人もの論者が自分の解釈を表明している。なかには「方法としての中国」について論じる研究者まで現れた。

竹内にとって「アジア」は、みずからの観念の世界にのみ存在する「アジア」であった。竹内は、アジアの現実、アジアのダイナミズムに目を注ぐことが乏しかったように見受けられる。竹内の発言から半世紀を経た今の中国・アジアの現実をみれば、答えはおのずと明らかであろう。アジアは一つではなく、内部亀裂が広がっている。中国の革命は、前近代を固定化させるという逆説的な結果をもたらしている。

一九七七年三月に竹内は死去したが、吉本隆明が追悼文で竹内の「方法としてのアジア」について独特の解釈を示している。竹内のこの考えは、竹内の東洋についてのペシミズムを表しているのだという。「アジア自体でさえも、じぶんが自己確立するためには、ヨーロッパ的な方法を使うほかない。ヨーロッパ自身が、自身の方法によって自己確立するだけじゃなくて、アジア自体もヨーロッパ的な思考方法、あるいはヨーロッパ的な運動の方法を行わなければ自己確立することができない…東洋が自己確立するってことは絶望的なんだという認識なんです。つまり東洋は東洋の方法によって自身を確立するってことはできないんだって考え方です…いわばたいへんなペシミズムですけれども、それが竹内好さんの東洋にたいする愛情であり、愛着であり、方法の根柢にあるものといえます。たぶんこの考え方を掴まえることができたならば、竹内さんの書かれたものは全部、それから竹内さんのやられたことは全部、間違いなく理解できるだろうと僕にはおわれます」(『情況への発言』)。

竹内は、「方法としてのアジア」の文中で、日本の戦後民主主義が破綻をきたしているのは、アメリカからの移入に問題があったのではないかと述べている。個人(主義)を前提にして民主主義のルールを持ち込んだからで、「西欧的なものの跡を追わないで、アジア的な原理を基礎におくべきでなかったか」という。民主主義の「アジア的原理」とは何か。竹内はいつもながら説明を加えていない。民主主義の「アジア的原理」が今日の中国の共産党独裁を生んだのではないか、というのは私の妄言である。

竹内の論著は、『竹内好全集』全十七巻（筑摩書房、一九八二年、以降略記『全集』）がほぼ網羅している。竹内編の『アジア主義』は本文中に出所を記した。

竹内についての評伝は、鶴見俊輔『竹内好——ある方法の伝記』（岩波現代文庫、二〇一〇年）。松本健一『竹内好論』（岩波現代文庫）。孫歌『竹内好という問い』（岩波書店、二〇〇五年）。孫歌編の中国語訳は『近代の超克』（三聯書店、二〇〇五年）。鶴見俊輔・加々美光行編『無根のナショナリズムを超えて、竹内好を再考する』（日本評論社、二〇〇七年）。竹内は中国専門家として発言を続けたが、これらの書は竹内の中国認識について点検することなく、ほとんど無条件で受け入れているようである。竹内の創作である井岡山神話についてももちろんである。松本健一『竹内好「日本のアジア主義」精読』（岩波現代文庫）は竹内の編著についての論評というよりも、自説の紹介が中心の書である。

②竹内思考の原点

竹内の思考の原点として通常とりあげられるのが、第一に、太平洋戦争勃発直後に竹内が執筆した「大東亜戦争と吾等の決意（宣言）」（全集⑭所収）である。「支那事変」に対して持っていた疑惑が米英との開戦によって吹き飛んだとしている。「東亜に新しい秩序を布くといい、民族を解放するということの真意義は、骨身に徹して今やわれらの決意である」、「東亜から侵略者を追いはらうことに、われらはいささかの道義的な反省も必要としない。敵は一刀両断に切って捨てるべきである」、と。

この竹内の宣言について鶴見俊輔は、同時代の大川周明、北一輝の右翼的アジア主義思想の血脈を受けつぐものだと評している。ただ竹内のこの時点の立ち位置は、敗戦後に大きく変わっている。一九五三年に発表された「屈辱の事件」（全集⑬所収）では、一八〇度転換とも思える発言をしている。こちらのほうも竹内らしいといえば竹内らしい。大東亜戦争を闘い抜くと決意表明した竹内が敗戦をどう受け止めたか。「私の後半生は八・一五から出発している。いや、前半生も八・一五によって意味づけられるようなものだ。八・一五は、影のように全体をおおっている。八・一五を考えることなしに、自分についても、民族の運命についても、考えることはできない」。「八・一五は私にとって、屈辱の事件である。民族の屈辱でもあり、私自身の屈辱でもある。つらい思い出の事件である。ポツダム革命のみじめな成りゆきを見ていて、痛切に思うことは、八・一五のとき、共和制を実現する可能性がまったくなかったかどうかということである…記録によると、政治犯の釈放の要求さえ、八・一五の直後に自主的に出たものではなかった。私たちは、民族としても個人としても、八・一五をアホウのように腑抜けて迎えたらしい」。

敗戦後の竹内の転生は天皇観の変化に表れている。大東亜戦争は天皇制軍国主義の下で戦うのを当然視していたはずである。しかし、今や天皇制からの脱却こそが最大の課題なのであった。「私たちの内部に骨がらみになっている天皇制の重みを、苦痛の実感で取り出すことに、私たちはまだまだマジメでない」と竹内はいう。

敗戦の日の午後竹内は戦場でそれを知った。「その日の午後、私は複雑な気持ちにひたっていた。よろこびと、悲しみと、怒りと、失望のまざりあった気持であった」。竹内は敗戦後革命運動が燃え広がるのを夢想したというけれども、政治的現実については想像だにできなかったようである。丸山眞男がポツダム宣言に記された「基本的人権は尊重せらるべし」という語に「顔の筋肉が自然にゆるんでくるのを、おさえることができなかった」と語ったのを聴いたとき、竹内はそういう経験をもたなかったことを残念に思ったと書いている。ポツダム宣言を遠い世界のことと感じていたのであった。「やはり抵抗の姿勢に関係があるのではないか。もう一つ、政治知識――というより政治感覚のちがいということもある」としている。正直な感想であろう。竹内と丸山の敗戦体験の違いを端的に表している。

戦後竹内の言動がもっとも輝いてみえたのは、一九六〇年の安保闘争のときであった。新安保条約強行採決の翌日、五月二十一日に、岸政権に対する抗議の意思表示として、東京都立大学教授の職を辞することを表明した。竹内に続いて鶴見俊輔も東京工大に辞表を提出した。後年鶴見は、仁義で結ばれた竹内が辞めるのであれば、自分も辞めなければならないと自動的に考えた、と語っている。

竹内の発言がたいへんな注目を集めたのは、情況判断として「民主か独裁か」という問いを発したことであった。「「民主か独裁か」これが唯一最大の争点である」と竹内は語っている。ときのムードに合致していたということであろう。闘争を進めるために民主主義を守ること、絶対に暴力を使わないこと、など「四つの提案」を会議の場で行い、多大の感銘をあたえた。竹内のいう「独裁」はファシズムと同義であるらしい。ファシズムの進行（弾圧のための警察力の動員）を食い止めるために統一戦線（民主戦線）の結成を呼びかけた。竹内の「民主か独裁か」という主張にたいして丸山がコメントしていることは前述した。

竹内思考のもう一つの原点とみなされているのは、一九四六年に執筆された魯迅論である。徴兵を予期して書き、武田泰淳に後を託して竹内は戦地に赴いた。竹内のその後の人生に魯迅が絶大な影響を与えたことを竹内自身がみとめている。しかし竹内の魯迅論については、私は中国文学についての知見がとぼしいので、論評は控えたい。

私がここで採り上げるのは中国における魯迅研究の混迷についてである。政治におびえる中国の文学者たちは、魯迅研究を、「触らぬ神に祟りなし」で長年にわたって遠ざけていたという。竹内に「魯迅と毛沢東」と題する論説（全集⑤所収）がある。「毛沢東の文学論の集中的表現である「文学は政治に従属する」という一句」をどう解すべきかという論議に始まって、毛沢東の魯迅に対する高い評価について縷縷述べている。「毛沢東の魯迅への傾倒の深さは、なみなみならぬもので、しかも彼は、実に文学的に魯迅を見ている。毛の人間形成の根底に、魯迅が重要な要素に加わっていたろうという気がする」。「毛沢東は、魯迅を追憶した彼の講演の中で、三つの点を指摘して高く評価している。第一は政治的遠見、第二は闘争精神、第三は犠牲的精神」、この三点である。竹内は、毛沢東と魯迅を重ね合わせることで、毛沢東を高く評価した。二人を等置するかのような視点は、日本では今も続いているようである。近刊の高昇公『魯迅の政治思想』（日本経済評論社、二〇〇七年）にも継承されている。わが国ではこのような見方が定着しているのであろう。

中国ではまったく事情が違う。皮肉なことに、竹内が毛沢東の魯迅評価として紹介した魯迅追悼記念講演（一九三七年十月、中文『毛沢東文集』第二巻所収）における毛沢東の魯迅に対する「孔子は封建時代の聖人で、魯迅は現代中国の聖人である」という言葉が、長年にわたって自由な魯迅研究を窒息させてしまったのだという。これ以後魯迅を神聖視して批判を許さぬことになり、「左翼人の魯迅研究の自由を完全に失わせる」ことになったと近刊の中国誌（『炎黄春秋』、2013-8）が回想している。魯迅は文革期に政治闘争で悪玉非難に利用されたり（かつて魯迅の論敵であった郭沫若など）、「批林批孔」運動で孔子が悪玉にされると（標的は周恩来、毛沢東はみずからを秦の始皇帝に見立てた）、魯迅評価が逆転するといった具合であった。魯迅が政治闘争の道具と化したのである。共産党独裁政権が続く今の中国においても、魯迅を論評することには慎重でなければならない。腐敗汚職まみれの中共政権について魯迅ならば何というであろうか。
（中文書であるが、比較的最近刊行された魯迅論の書を挙げておく。毛沢東の目に映じた魯迅について記した論文も含まれている。一土編『21世紀：魯迅と我門』人民出版社、二〇〇一年）。

③竹内の中国幻想

竹内は、北一輝評として、こう語っている。「今日から見ると、彼の予見はほとんど全部まちがっている。まちがっていることが大切なのだ。現象を説明するのでなく、歴史を生きた記録だから、毛沢東でないかぎり、まちがうのは当然である。そのまちがいを通して、じつに無限の教訓をこの本は今日でも与えてくれる。…当たらなかった予見の奥に一つの真理を発見するだろう。それは一口にいうと、日本と中国との運命共同体の実感的把握ということである」（「北一輝」『全集⑧』。本というのは『支那革命外史』。傍点は小林が付す）。

実は、竹内の中国についての現状認識と前途予測は、あと知恵で考えると、ことごとく間違っていた。現実との乖離がこれほど大きいとはまったく驚きである。竹内の中国論は驚くべき幻想を基盤にしていた。以下、核心部分を摘記する。

ⅰ　中共のモラル礼賛

「中共がどんなに高いモラルに支えられているか、そしてそのモラルが一貫して流れる民族固有の伝統にどんなに深く根ざしているか、この根本の観点に立たないかぎり、今日の中国問題の理解は出てこないと思う。中共はマルクス主義を借りてはいるが、その受け入れ方は個性的であって、そのモラルは固有のものである。もしそのような自律性をもった運動でないならば、今日の成功の原因が論理的に説明できないだろう」。このモラルの高さは中共が伝統の完全な否定者であることから出て来た、と竹内は説明している。（「日本人の中国観」『全集④』）。「中国共産党が、どれほど高い倫理観に支えられているかということは、麻薬の問題を見ただけでもわかる。…日本の占領地ではそれは公然化された。ところが日本の占領地と境を接している中共地区では、絶対禁制を守った」（「中国のレジスタンス」『全集④』）。

日中麻薬対応の違いについての竹内のこの記述は、日本の知識人たちに絶大な影響を及ぼした。鶴見は、竹内についての論著の冒頭でこの問題をとりあげている。竹内思想への鶴見の共感と深い関係があるとみてよいのであろう。この竹内の記述について吉本隆明も言及している。「戦後になって日本国家が何をしたか、それと対比して中共がどういう倫理を守ったかということがはっきり証拠立てられるに及んで、竹内好さんが衝撃を受けたということが自身の書いたものによってわかります。そこから竹内好さんの中国にたいする惚れ込み、つまり「惚れればあばたもえくぼである」がはじまったとおもいます。中国にたいしてはあまりに目鼻がパッチリと考えられており、それと相反する形で日本にたいしてあまりに過酷になっている竹内好さんの認識の型はここに形成されたのです。竹内さんの方法の最も核心であり、また最も問題の多いところはたぶんここに帰着されるのではないかとおもわれます」(『情況への発言』)。

中共が麻薬禁制を守ったという竹内のこの記述を小熊英二も竹内論で引用している(『民主と愛国』)。日本では今なお広く信じられているのであろう。延安における麻薬栽培の史実について日本人が記した文章を私も目にしたことがない。しかし世界的には、延安で中共が麻薬栽培から収入を得ていたことは、随分前から、周知の事実なのである。二十年近くも前に台湾の研究者が英文の論文で栽培実績について推計値を発表しているし、最近刊行された中国誌(『炎黄春秋』、2013-2)は毛沢東をはじめ中共中央がアヘン政策を正式に決定したことを明らかにしている。

竹内が延安における麻薬栽培を知らなかったのは不思議でない。また知らないからには、中共の麻薬禁制をモラルの高さの例証としたことも非難するにはあたらない。しかし問題の根幹は、竹内の場合、革命を理想視するところにある。革命だからモラルが高いのだと。この見方が誤りのもとである。暴力と流血に覆われた革命は本来モラルとは無縁なのである。竹内が生涯にわたって革命のロマンを語り続けたことにつては後述する。

台湾の研究者の麻薬栽培研究を挙げておく。Chen Yung-fa "The Bloominng Poppy under the Red Sun,in New Perspectives on the Chines Communist Revolution (M.E.Sharpe,1995).

ii　毛沢東の神格化

竹内の毛沢東崇拝は毛沢東神格化の域に達している。毛沢東信仰といってもよい。竹内の毛沢東への傾倒は竹内の論著のいたるところにみられるが、代表的な毛沢東論は「評伝　毛沢東」（全集⑤所収）である。執筆は新中国誕生直後で（一九五一年四月に発表）、一九五六年のスターリン批判よりも前である。だがのちに付された「後記」（末尾「解題」参照）に「六年後の今日、よみ返してみて、私の毛沢東観は本質的に変っていない」と記している。当時日本のマルクス・レーニン主義者は、レーニンが真理の体現者だと信じており、レーニンの言説の批判的分析など考えられないという時代であった。だが竹内の毛沢東伝のようにレーニンを神格化することはなかった。理論の軽視ととられかねないであろう。

竹内の毛沢東論は「純粋毛沢東」ないし「原始毛沢東」の措定からスタートする。「それから出発して論理的に毛沢東を再構成できれば、私の実験は成功したことになる。この場合の私のモデルは、一九二七年から三〇年にかけての毛沢東である」。要するに、根拠地井岡山で毛沢東はいっさいを失い、無の状態から出発せざるをえなかったが、無ほど強いものはない、というのが竹内流の弁証法である。少し長くなるが竹内の毛沢東観を引用することにしよう。「毛沢東思想はこの期に形成された。かれの内外生活の一切が無に帰したとき、かれが失うべきものを持たなくなったとき、可能的に一切がかれの所有となったとき、その原型が作られたのである。これまで他在的であった知識、経験の一切が、遠心的から求心的に向きを変えて、かれの一身に凝結したのだ。それによって、党の一部であったかれが、党そのものとなり、党は、中国革命の一部でなくて全部になった。世界は形を変えた。つまり、毛沢東は形を変えたのである。主体と客体が合一し、そこから新しい分化がはじまったわけだ。毛沢東は再生した。これまで、かれはマルクス主義者だった。いまやマルクス主義はかれと合体し、マルクス主義と毛沢東主義とは同義語となった。かれ自身が創造の根元になったわけだ。これが純粋毛沢東、あるいは原始毛沢東である」。「純粋毛沢東とは何か。それは、敵は強大であって我は弱小であるという認識と、しかも我は不敗であるという確信の矛盾の組合せから成る。これこそ、毛沢東思想の根本であり、原動力であって、かつ、今日の中共の一切の理論と実践の源をなすものである。それは半封建、半植民地の中国の現実の革命の中から引き出されたもっとも高い、もっとも包括的な原理であり、したがって普遍的真理である。それは物心両面の一切の事象と、個人から国家に至る一切の関係を規定する根本法則であって、実践による内容づけによってそれ自体が生成発展する」。

毛沢東の神格化はここまで徹底している。唖然とせざるをえない。竹内の主張をつきつめれば、中国革命もマルクス主義も毛沢東が一人で背負っていることになる。毛沢東思想は「普遍的真理」なのであって、論議の対象にすらならないということになろう。

竹内は毛沢東の人物評としてこういっている。「毛沢東がヒューマニストと称するに価する人であることは疑いない。かれの人間性が残虐を立証する要素は一つもない」と。

毛沢東がコミンテルンによって中共の最高指導者として公認されたのは抗日戦初期の一九三七年であったが（井岡山期ではない）、中国の革命と共産主義運動の全期間を通じて毛沢東の強権支配の実態がどのようなものであったか、拙著（『グローバル化時代の中国現代史 1917-2005』）を見ていただければと思う。中国では共産党独裁下で厳しい言論統制が続いていて、真相を垣間見せる情報は中文図書資料の各処に散在している。私はゲリラ情報と呼んでいるが、拙著ではその種の情報を可能な限り収集して、現時点で判明するのはここまでというところを明らかにしたつもりである。私は拙著で毛沢東統治についてこう結論づけた。「毛沢東統治の残酷性はスターリンにも引けをとらない。大躍進、人民公社化を強行して三〇〇〇万人以上ともいわれる餓死者を出し、文化大革命で何らかの迫害を蒙った者は一億人、死者は少なくとも二〇〇〇万人以上に達したという（典拠略）。政敵はことごとく選別のうえ粛清した。にもかかわらず中国では毛沢東礼賛（天安門から紙幣まで）がいまも続いている。中国は不思議な国である」。

もう一点、毛沢東思想についてであるが、鄧小平時代に入って、毛沢東の論著、毛沢東の代表的論文とされる「矛盾論」をも含めて、その多くが毛沢東の政治秘書などによって書かれて、毛沢東の関与は一部にとどまることが明らかにされている。「今では毛沢東の論説類の大半が政治秘書などの手になるものであることが一般にも認められ、常識化している」と私は拙著に記している。

ⅲ　中国民主主義絶賛

中共政権成立直後のことであるが、竹内は「中国共産党の民主的伝統」について語っている（「新中国を生み出したもの」『全集④』）。「一体共産主義は全体主義なのか、そうじゃないのかということで、悪口をいう人は全体主義というし、またほんとうにあれこそデモクラシーだという人もある。しかしともかく今日の中国は、相当高い意味での民主主義を実現していると思います。…中国ないしソビエトという共産主義国家こそが、ほんとうのデモクラシーを実現しているとお考えの方もあると思います。…私もそういうふうに考える」と。

竹内はマルクス主義者ではなかったが、唯物史観の公式、ブルジョア民主主義段階を経て社会主義へという公式をほぼ受け入れており、社会主義民主こそがより高度の民主主義だと信じていたものと思われる。

一九五六年から翌年にかけて、スターリン批判に続いて東欧で激動が連続して起きた。毛沢東は対策（反右派闘争）の一環として「人民内部の矛盾を正しく処理する問題について」と題する報告を行った。この報告に感動した竹内は、短文「平和共存への理論的努力」（全集⑤所収）を記しているが、その中で中国の自由化と民主化へ向けての前進を高く評価している。竹内はいう。「私は中国の自由化の方向を強く感じた。……この論文の眼目は、一口にいうと、中国にどのように民主主義を拡大するか、ということである。中共をふくめてこれまでのマルクス主義文献では、ブルジョア民主主義と人民民主主義の相違点が強調されるのが普通だったが、この論文では、両者をふくみつつ、さらにそれを越えた高次の内容が想定されていて、それへ向っての努力が強調されている半面に、ブルジョア民主主義を一方的にやっつける態度があまり強く出ていない。ここで使われている自由の概念は、西欧的自由に紙ひとえとまではいえないが、相当接近している」としている。まるで竹内がブルジョワ民主主義者に転じたのではないかと疑わせるような記述であるが、もちろんそうではない。自由や民主主義という理念を高く評価しているということではなくて、毛沢東と中国革命に絶大な期待をかけていることからきているものと想像される。毛沢東と中国こそがすべてなのである。竹内のこの発言から半世紀以上を経た今、中国の知識人たちは民主化や人権擁護を求めて苦闘している。彼らにとって、反右派闘争（五十四万人もの右派分子が摘発された）礼賛とも思える竹内の見解は、絵空事でしかあるまい。

中国が文化大革命に突入する前夜、郭沫若の「自己批判」が新聞報道で伝えられた。竹内にも激動の予感があったのか、それまでにない発言を行っている。「予見と錯誤」と題して、全集の第九巻に採録されているが、「毛さんでも批判を受けるかもしれない。つまり、毛沢東思想という理想化された一つの基準があって、それからいうと今の毛さんは良くないという批判も出てくる可能性がある。出てきてもおかしくないんじゃないかと思います」。

しかし竹内の中国革命観は揺るがなかった。文化大革命を「権力闘争と社会的混乱」ととらえる見方は過去の報道と同じ型だと批判している。一九三〇年代にも中国は混乱状態にあったではないかという。文革については「なるほど混乱はあっただろう。しかしその混乱は、結果から見ると、中国社会の一貫した前進を底流としていた。そこに中国革命の一貫性を認めないわけにはいかない」「ながい中国の革命の歴史のなかで、その延長の上におこった連続性をもった一つの段階なのではないか」という（「「わからない」という意味」『全集⑪』）。

ちなみに、吉本隆明は文化大革命についてこうみている。「中共の〈文化大革命〉は中国にとってのみ〈革命〉あるいは〈反革命〉であり、また〈スターリニズムの硬化〉あるいは〈弾圧〉であり〈アジア的専制への退化〉あるいは〈反近代化〉であり…等々であったとしても、それ以上の普遍的な意味をなにももっていない」（『情況への発言』）。

一九七七年に六十七歳で他界した竹内は、毛沢東没後に鄧小平が断行した毛沢東評価の激変〈晩年の誤りの暴露〉を知る由もなかった。毛沢東時代の暗黒面が知られるようになったのは、鄧小平時代に入ってからである。情報が極端に不足していた時期の竹内の論評を、後知恵で批判するのは公平でないかもしれない。しかしこれほど的はずれの現状認識と前途についての予見を提示し続けたことについて、竹内に問題がないとはいえまい。竹内の思考法に重大な欠陥があったと私は考えている。

ⅳ　アジア主義の行方

竹内好編『アジア主義』と題する書がある（『現代日本思想大系⑨』筑摩書房、一九六三年）竹内の長文の解説を付して、明治以来のアジア主義の系譜をたどり、代表的な論説を採録している。もちろん紙面の制約があるので大部の書、北一輝の『支那革命外史』などが含まれているわけではないが。この仕事は竹内の業績のなかでも重要な位置を占めるものである。採録されている論者には、「アジアは一つである」という理念を唱えた岡倉天心、日韓合邦を呼びかけた樽井藤吉に始まって、宮崎滔天、大川周明、尾崎秀実へと至り、さらに戦後アジアのナショナリズムについて論じた飯塚浩二の論文が収められている。

竹内の解説文がたいへん参考になる。アジア主義発生の基盤である「幕末から維新後にかけて、対外発展、海外雄飛の思想があった」ことを指摘したうえで、「近代国家の形成と膨張主義とは不可分」であったとしている。私にとって興味深いのは、福沢諭吉の「脱亜論」（一八八五年）

についての論評である。「これはアジア主義の対極ではあるが、アジア主義と微妙に触れ合う表裏の関係をもっている」。「彼によれば、文明は無慈悲に自己を貫徹する。それを否定すれば国際競争に生き残ることはできない。しかし彼はまた自己が弱者であるという意識をもった醒めたナショナリストであるから、おなじ弱者である隣国への同情がないではない。心情としてのアジア主義はある」という。ところが十年後に日本が日清戦争に勝利して随喜したとき福沢の思想家としての役割は終わった、と竹内は指摘している。ただし近年竹内の「脱亜論」論評の限界も指摘されている。「脱亜論」出現の背景について竹内の理解は不十分だったようである。後年丸山は、「亡くなった竹内好君の見解がやや福沢の「脱亜論」の誤解の因をなしたと思っています」と語っている（丸山眞男『福沢諭吉の哲学』岩波文庫）。

「北一輝と大川周明とは、アジア主義者としては、帝国主義段階の新しいタイプである」としている。「この時期のアジア主義は、心情と論理が分裂している。あるいは論理が一方的に侵略の論理に身をまかせてしまった」。中国で革命に身を投じていた北一輝は、「五四」運動以来の中国における排日気運の高まりに衝撃を受けて、日本改造（軍事クーデター）に転じることになった。一方満鉄経済調査局に在籍した大川周明は、アジアの復興を唱えながら満州事変を画策したともいわれている。

ところで「アジア主義」とはそもそもいかなる思想なのか。アジアと日本の関係について論じる思想や論説に対して「アジア主義」の語が一般的に用いられてきたわけではない。時によって「汎アジア主義」や「大アジア主義」などと呼ばれている。「千差万別がアジア主義の特徴である」と竹内はいう。「それぞれ個性をもった「思想」に傾向性として付着するものであるから、独立して存在するものではないが、しかしどんなに割引しても、アジア諸国の連帯（侵略を手段とすると否とを問わず）の指向を内包している点だけには共通性を認めないわけにはいかない。これが最少限の属性である」としている。「アジアの連帯」を説く思想の系譜は、さまざまな変容を蒙りながらも、戦後まで存続している。

実は、竹内好自身がアジア主義者であった。竹内の思考の原点として先に採り上げた「大東亜戦争と吾等の決意（宣言）」で竹内はこう述べている。「東亜に新しい秩序を布くといい、民族を解放することとの真意義は、骨身に徹して今やわれわれの決意である」と。鶴見俊輔は「ここにくりひろげられた聖戦の思想は、保田與重郎らの日本浪漫派の精神と一脈あい通じるものであり、同時代の大川周明、徳富蘇峰と地つづきである。明治の宮崎滔天、北一輝の右翼的アジア主義思想の血脈を受けつぐものである。……右翼的アジア主義が表面に出ている」と評している（鶴見俊輔『竹内好』岩波現代文庫）。竹内は「大東亜共栄圏」の主張が疑似思想だと批判しているが、竹内の「決意」宣言は、「大東亜共栄圏」の発想と紙一重の違いといってよいであろう。

第二次大戦後アジアの植民地が相次いで独立を達成した。一九四七年にはインド、パキスタンが独立した。一九四八年には南北朝鮮に二つの国が出現、ビルマ、セイロンが独立した。一九四九年には共産中国が誕生した。この年にはインドネシア、ラオス、カンボジアも独立した。一九六〇年代にはアフリカで独立国の誕生が相次いだ。アジアの解放を大義名分とするアジアとの「連帯」の主張は、その基盤が失われた。新興独立国と向き合うことになった日本のアジア主義はどこに向かうのか、新たな課題に直面することになった。

竹内は一九五七年に「アジアにおける進歩と反動」という論説を発表している（全集⑤所収）。新興独立諸国の配置図がほぼ明らかになった時期であった。アジアが一つでないことは疑うべくもなかった。冷戦下でアジアの将来像も定かでなかった。「東アジア諸国は、政治的には大ざっぱに三つのグループに分けられる。一つは、中国のような共産主義国、一つは、インドやビルマのような中立国、一つは、タイやフィリッピンのような反共国である。朝鮮やヴェトナムは、共産主義と自由主義とに国がまっ二つに割れている。中国も反共の台湾政権をかかえている」。

共産中国に信仰にも近い感情を抱いていた竹内のことであるから、反共国に厳しい目を向けていたのは当然であろう。反共国、反共政権は反動的なのである。だが反共イコール反動という指標だけですまないのは、自由主義を信奉する側からみると、「共産主義もファシズムもどちらも全体主義であり、独裁であり、西欧的進歩の観念からの異端であり、したがって反動である」ということになる（皮肉なことに冷戦終結後この見方が一般的になった）。「共産主義を進歩の唯一の指標にえらぶならば、アジアのナショナリズムに対する評価は出てこない。それは究極には共産主義に移行するものとして、プラスの評価を与えるか、究極には自由主義へ移行するものとして、マイナスの評価を与えるしかない。事実、今日までの歴史を見ても、評価がこの両極の間で揺れていた。ガンジーや孫文は、反動にされたり、民族の英雄にされたりした」「アジアのナショナリズムに独立の価値を認めるのでなければ、この難問は突破できないが、そのためには進歩の指標が変らなければならない」。硬直化したイデオロギーにとらわれない指標をどこに求めるべきか。こうして指標の複数化が求められることになる。

竹内は、指標の多元化の試みとして、丸山眞男の共同討議「世界史における現代」の場における発言に手掛かりを求めている。その席で丸山は「いったい事実としての世界史のトレンド（傾向）、イデオロギーの相違に拘わらず承認せざるをえないような指標は何かということですが、色々考えられると思うのですけれども、とりあえず第一にテクノロジーの進歩、第二に大衆の勃興、第三にアジアのナショナリズム、この一連の並行現象」をあげたとされる。それについて竹内はコメントしているが、竹内は丸山の提言に不満であった。「ここに挙げられている三つの指標（数や内容に変更があってもよい）は、同質の、量的に比較できるものとしてのあつかいを受けている。並行現象という見方、相互にバランスを取りうるという見方にそれがあらわれている。そのことから、これが西欧的進歩の観念を延長して出て来た、現状への適合を意図した折衷案であることがわかる」と述べている。

丸山説の弱点として竹内が指摘しているのは二点。「一つは、ここからは革命の契機が「現在的」には出てこないのではないかということである。アジアにとって革命は、理論の問題である以上に実際に進行中の事実である。これに対処するためには、革命の契機をふくむ理論でなければ実地の役に立たない」。「もう一つは、第一点に関連することだが、日本人の民族的使命感が切り離されているのではないかという点である」。「いま日本がアジアのナショナリズムへ結びつくべきだといっても、過去の民族的使命感を無視して結びつきのコースを発見することはできないだろう。日本人の民族的使命感は、日本帝国主義の膨張政策と一体不可分だった。それをどうして、どこで分けるか。もし分けなければ、民族的使命感は充足されない」。

竹内の丸山批判は、しかしながら、激動するアジアについての、竹内の、知見のとぼしさと思い込みのみの強さを、はしなくも露呈することになった。大戦後激変したアジアは、かってのアジアとは異質の存在となっていたのである。日本の膨張主義もとっくに失われていたが。

まずアジアにおける革命についてであるが、アジアで革命が進行中という事実はなかった。中国では「社会主義革命」（反帝反封建を指向する革命とは違う）が進行していたが、新興独立諸国の首脳たちの多くは自国内の共産主義勢力を中共が支援することを懸念していた。第二のベトナムになるのは御免だというわけである。毛沢東は、これらの首脳たちに対して、「革命は輸出できない」ことを強調して、懸念の払拭に努めていた（毛沢東は一九六〇年代に「革命の輸出」に転じる）。

一九五五年の四月、アジア・アフリカが西側の大国の参加なしに開いた最初の会議であったバンドン会議（アジア・アフリカ会議）には、参加二十九ヶ国のうち共産党政権は中国と北ベトナムだけで、二十二ヶ国はアメリカの援助を受けており、中国と国交を樹立している国はインド、ビルマなど六ヶ国だけであった。

また日本がアジアに「民族的使命感」として「連帯」の手を差し伸べようにも、新興独立諸国の場合は、アメリカ追随の日本に警戒感をもつ国が多かったであろう。冷戦下で中立国家群は、インドのネルー、ユーゴスラヴィアのチトー、エジプトのナセルが主導する非同盟運動に結集しようとしていた。日本が連携を求めようとすれば、親米反共の「反動的」国家でしかなかったであろう。激変したアジアで「民族的使命感」に基づいて「連帯」の相手を見出すことは不可能に近かった。

一九六〇年に竹内が「方法としてのアジア」を発表して、西洋に対して東洋が巻き返すことが「方法」としてありうると語ったとき、竹内が念頭に置いていたのは共産中国であっただろう。

戦後のアジア全域が視野に入っていたとは到底思えない。アジアは多様であった。

時代は下って一九七四年、竹内は「アジアの中の日本」と題する論説を発表している（全集⑤所収）。一九七二年に米中関係改善に追随する形で日中国交回復が実現していた。米中関係改善は世界の政治構造を一変させた。中国は非難し続けていた米帝国主義と準軍事同盟を結成したのである。竹内にこの変化を読めというのはムリというものであろう。竹内のアジア観も変わらなかった。まして二十一世紀に入って、日・中・韓のナショナリズム激突の世界は、想像できるはずもなかった。変わらない竹内のアジア認識を示す語を引いておく。曰く。「アジアを侵略の対象としてとらえるか、それとも侵略に対する抵抗の主体としてとらえるか、この二つの立場がありうる」。「侵略というのは、抵抗の対立概念である」「運動法則という形式だけについていえば、アジアを侵略の対象とするものはヨーロッパであり、アジアを抵抗の主体とするのはアジアであって、この場合に地理的区分は関係しない」。

日本はアジアなのか。「第二次大戦とその処理過程で、完全に福沢のいう「脱亜入欧」を完成したと私は思う」。そのうえで竹内は、一時期流行していた近代化論を批判する。「近代化論というものは、近代化のとらえ方が単線的であって、私のように実態と意識のズレを重くみたがる思考習性の人間には受け入れがたい。抵抗という契機の出てくる余地がない。…私は結果として日本が非アジア化されたと考えるのに対して、近代化論者は、本来に非アジアだと考えるだけのちがいである」（竹内ほど実態を見誤った識者はまれであろうが）。竹内は「脱欧入亜」を望むと語っている。

竹内の中国観も変わらなかった。「中国の革命は、挫折と成功、破壊と建設の全過程をふくめて、ヨーロッパ文明への挑戦とみることができる。いわゆる近代化論は、日本の近代化を説明できても、この中国の近代化は説明できない……日本の近代史が抵抗ぬきの脱アジアだとすれば、中国の近代史は抵抗によるアジア化である。……自身をヨーロッパ化することなしに、すなわちアジア化の方向を維持することによって近代化を達成するという実験に着々成功しているのが中国の現状である」。

蛇足かもしれないが、ひと言私見をつけ加えておきたい。第一に、日本人が日本とアジアの関係を問い続けることは、今後も変わりなく続くだろうということである。日本人はアジアという衣を脱ぎ捨てることはできない。第二に、個人として、あるいは市民として、アジアとの「連帯」を求め続けている日本人は今も少なくない。中国で植樹運動に携わる日本人、芸術活動で東洋の美を中国人と共同で探究する日本人、隣人との交流をめざす運動は途絶えることなく今後も続くであろう。

二　竹内思考の問題点

①両極分化の思考法

竹内の個性的な思考を特徴づけているのは、両極分化の思考法である。東洋と西洋、日本と中国、有と無といった両極を措定し、対立軸を際立たせるという思考法である。この思考は、差異を際立たせるメリットはあるものの、多極化、多様性についての視角を阻むことになる。

「有と無」思考の用例である。井岡山が「今日の中共の政治、軍事、経済、文化のあらゆる基礎が、この時代に打ち立てられた」として、井岡山を「中華人民共和国の発祥の聖地」とみなしたのは、多分竹内の創作である。それも毛沢東の神格化とセットで竹内が作り出したのであった。井岡山が革命史上の記念碑とされたのは、ここで中国の最初の土地法（一九二八年十二月「井岡山土地法」）が作成されたからである。一九二八年六月にモスクワで開催された中共第六回党大会で承認済みであった。農民革命とみなされている中国革命で中共が勝利できたのは、武力によって守られた地域（「工農武装割拠」）で土地改革を通じて中共が農民の支持を獲得することができたからからである。「鉄砲から政権が生まれる」と毛沢東が強調したのもこの時期であった。土地改革は長期にわたる試行錯誤の過程を経た（スターリンとコミンテルンがどこまで介入したのか、今なお不明な点が残されている）。ところが竹内の井岡山神話によれば、毛沢東は「かれの内外生活の一切が無に帰したとき、かれが失うべきものを持たなくなったとき、可能な一切がかれの所有となったとき」、毛沢東思想が作られたのだという。無から無限の有が生まれるというのは、まさに竹内思考法の典型である。実際はといえば、当時の中共はソビエトの樹立をめざしており、江西ソビエトではコルホーズ作りの実験まで行っている（拙著『二〇世紀の農民革命と共産主義運動』第三部「伝統農村と変革」を参照されたい。勁草書房、一九九七年）。

欧米の侵略に対するアジアの対立、抵抗という問題も単純ではない。アジアの国や地域はそのほとんどが欧米の植民地、半植民地に組み込まれたが、アジアは多様であり、植民地支配者への対応も一様でない。

竹内は「方法としてのアジア」で「西欧の優れた文化価値」を認めているが、西欧起源の普遍主義の理念（東京裁判で主張された自由、正義、人道）には否定的であった。「東と西を統括するものとしての普遍価値は伝統と切れており、伝統から切れたものは「文明開化」であって、「原典」にはなりえない」という。この竹内の主張は、戦後日本の民主化（伝統から切れていた）を想起するだけでもムリであることがわかる（「原典」なるものがあるのか？）。

アジアの新興独立諸国の西欧的価値への対応は国によって違う。各国・地域で人種、民族、言語、宗教、歴史が異なり、一国内で統一を維持することが難しい国も多かった。伝統とは何か。共通語を英語に頼らざるをえない国も少なくなかった。

アジアの大国、中国とインドの大戦後の歩みにも違いがはっきり表れている。半植民地中国は、反帝国主義を唱えて非資本主義的発展をめざしたが、そのことが近代化を大きく阻害したことが今では歴然としている。一方のインドは、独立後ガンジーが伝統回帰とも思える一面を見せながらも、英国流の民主主義と人権を擁護する姿勢を保ち、経済的には社会主義的要素を取り込みながらも結局資本主義的発展をめざした。

冷戦も東洋と西洋の対立という史観の実効性の乏しさを浮き彫りにした。冷戦下の東西両陣営の対立で中国は当初ソ連と組んで社会主義陣営を形成し、西側と対立したが、中ソ対立が激化すると中国は長年非難し続けた帝国主義のアメリカと準軍事同盟を形成するに至った。竹内のいう東洋（非ヨーロッパ）と西洋は、境界線があいまいであるうえに、固定的でなく、国家利益優先のためには西側陣営と闘争もするが連合もするという、自在に選択しうる対象であった。

②キーワードとしての革命と民族主義

竹内思考の根幹をなすキーワードは革命と民族主義である。

「革命」と「民族主義」は、社会科学、人文科学に基礎を置いた概念ではなく、中国現代史を解くために竹内が創りだした造語である。

まず「革命」であるが、竹内は「革命」概念を、中国語の語源と中国人の革命観から引き出す。第一に、近代中国で用いられている「革命」という語はrevolutionの訳語であるが、「古来の革命観がその中にまじって温存されている」。「革命のもとの語源は、命《めい》を革《あらた》める、ということであって、この命とは天の命である」。天の命を託された最高の支配者「天子の子孫が徳を失えば、天は与えてあった統治権を奪い返して、べつの有徳の人に授ける。これが革命である」。通常「易姓革命」の名で呼ばれている（「中国革命思想」『全集④』）。

第二に、中国人は、世代経験によって辛亥革命、国民革命、土地革命といった革命経験の違いはあるものの、それぞれ「記憶に刻まれて、時に応じて喚起できる種子をもっている点は共通である。そしてそれらの個々の事件は、全体としての革命の流れの中に位置づけ、綜合することが可能なのである。…この体験の集積から、革命は善であり、合法則的であり、かつ、日常的であってしかも永続的だという観念が導き出されたともいえるし、逆に、その観念が体験の集積によって支えられているともいえる」（「日本・中国・革命」『全集④』）。

革命は善であり、「日常的な努力の積み重ね」であって、永続的である（永久革命）。これは竹内の中国革命に対する見方であるが、おそらく竹内自身の革命観でもあろう。竹内にとって革命は、みずからの理想主義の夢を託したロマンであった。竹内の論著には革命、革命の語があふれており、竹内は終生革命のロマンを語り続けた。

竹内は安保闘争に革命の幻影をみた。「革命を体制の変革と規定するならば、そのような革命の条件は今度の場合はなかった。また当分は条件が整備されぬように思う。しかし、革命概念を広くとれば、今度の運動が革命でなかったと決めてしまうことも無用の業である。一種の革命であった。またその革命は進行中である、と考えることもできるし、その方が事実認識としても妥当するように思う。この場合の革命とは、一種の精神革命である。あるいは道徳革命である。日本の人民が、責任政治の確立を要求して、直接主権者としての意思表明を行って、ある程度の成果を収めたという点に立脚するならば、この歴史はじまって以来の事業を革命とよぶことに何ら不当はない。革命にはいろいろな定義があるが、かりに革命とは無から有をうむことだと規定するならば、われわれは今までなかった人民主権の伝統をつくり出したのだから、これは日本の歴史の変革であって、これこそ革命なのである。最終的な権力の奪取だけを革命と考える方がむしろ観念的である」。「革命専業者」は、「革命コースは、建設的でなく破壊的である。革命は建設でなくて破壊だという固定観念が、思惟の怠惰と依頼心の強さを根として、牢乎として存在する。それが、モブの破壊行為という目に見える現象でしか革命のイメージをえがけぬ守旧派の革命概念と奇妙に対応するのである」という（「革命伝説について」『全集⑨』）。安保闘争で政権奪取、革命政権樹立という革命幻想を鼓吹した吉本隆明が「革命専業者」なのかどうか明らかでないが。

しばしば引用される、毛沢東が革命について語った一言がある。「革命は客を招いて宴会を催すことでもなければ、文章を書いたり、絵をかき、刺繍をする、といった典雅で、ゆとりのある、慎み深い行為などではありえない。革命は暴動なのであって、階級が階級を覆す激烈な行動なのである」と。

竹内思考の核心をなすもう一つのキーワードは民族主義である。

敗戦直後の日本には民族主義の空白期があった。丸山眞男によれば、「敗戦直後はナショナリズムの価値暴落の時代」であった。「解放されたリベラルも左翼も、まさに戦前型ナショナリズムによって封じこめられていた普遍主義的価値——自由・平等・人間としての尊厳・国際的連帯といった——に自然とアクセントをおいた。こうして世界にもまれなナショナリズム不在現象がおこったわけです。それは「世界にまれな」国体ナショナリズムのちょうど裏返しです」（『革新思想』。以下の引用も同書）。

ところが冷戦の激化につれて占領政策の逆コースが始まった。「与えられた民主主義」への疑念がたかまり、労働組合などの間で外圧への抵抗という機運が芽生えると、民族主義を正面に押し出すスローガンが登場した。正統左翼（共産党）もこのスローガンを取り込んだが、本来は国際主義の立場（ソ共、コミンフォルムの指揮下にあるうえに、公式には民族主義を否定）に立つ左翼には民族主義はなじまなかった。丸山によれば「戦前型とちがった新しいナショナリズム、いいかえれば平和および民主主義とリンクしたナショナリズムの方向を、なんとかして打ち出そうとしていたのは、むしろ非正統派左翼とリベラルのなかの若干のグループだったと思います」。これが即ち、戦後におけるナショナリズムの復活であり、再生ナショナリズムの登場である。一九五〇年代に入ってふたたびナショナリズムの機運が高まった。

竹内が民族主義を思考の中心において論じるようになるのも、一九五〇年に入って民族主義復活の機運に乗ってのことであった。一九五一年九月に発表された「近代主義と民族の問題」（全集⑦所収）が、竹内の民族主義問題についての基本視角を提示している。反近代主義の見地からの民族主義重視の主張である。竹内はいう。「民族の問題が、ふたたび人々の意識にのぼるようになった」。「敗戦とともに民族主義は悪であるという観念が支配的になった。民族主義（あるいは民族意識）からの脱却ということが、救いの方向であると考えられた。戦争中、何らかの仕方で、ファシズムの権力に奉仕する民族主義に抵抗してきた人々が、戦後にその抵抗の姿勢のままで発言し出したのだから、そしてその発言が解放感にともなわれていたのだから、このことは自然のなりゆきといわなければならない」。「近代主義は、戦後の空白状態において、ある種の文化的役割は果たしたといいえる。強権によって抑えられていたものが解放されたのだから、その発言は当然であり、それによって空白の部分が満たされることは必要であった」。

戦後の民族主義空白期についての竹内の受け止め方は、ここまでは丸山とほぼ同じである。丸山は、再生ナショナリズムに「平和と民主主義とリンクした」新生ナショナリズムへの期待を表明した。それに加えて、普遍主義の理念である民主主義を日本に根づかせるためにナショナリズムと民主主義を結合させることが重要だと語っている。またそれと同時に、どちらかといえばナショナリズムや土着主義の磁力にひかれて近代日本の発展を見直せという方向に傾斜する論者たち（桑原武夫、鶴見俊輔、上山春平など）にもある程度の気配りを示している。

それでは竹内は再生ナショナリズム問題にどう対応したであろうか。

竹内は、みずからの戦時体験に引き寄せて、民族主義再生の手掛かりを求めようとしている。竹内によれば、戦後民族主義が失われたのは近代主義の台頭によるものであった。竹内は、近代主義批判と民族主義の主張をセットとして展開し、近代主義が民族主義に取って代わったかのように近代主義非難を繰り返した。そしてその一方で、みずからの戦時民族主義体験を想起し、そこから再生民族主義のための手掛かりを引き出そうと試みた。

竹内によれば、戦後の日本文学では、ヨーロッパの近代文学をモデルとして日本の近代文学の歪みを照らす方法をとっている。これは日本文学の自己主張を捨てている態度であり、広い意味での近代主義を立場にしている。「近代主義とは、いいかえれば、民族を思考の通路に含まぬ、あるいは排除する、ということだ」。

竹内は、近代主義の例として日本文学を採り上げ、対応策として国民文学を提唱している。ただ国民文学の提唱は近代主義者の側からも行われていた。今日から考えると何とも奇異に感じられる。ノーベル文学賞にみられるように文学は元来世界に門戸が開かれてしかるべきである。文学を、たとえ文壇打破のためとはいえ、国家の枠に閉じ込めるかのような主張が行われたこと自体が、まさに時代を感じさせる。

竹内は、同じ論説で、日本文学の自己主張は歴史的には「日本ロマン派」が頂点をなしていると述べた。みずからの戦時体験の投影であった。そしてこの論説にはまた、周知のとおり、次の激越な語が記されている。「マルクス主義者を含めての近代主義者たちは、血ぬられた民族主義をよけて通った。自分を被害者と規定し、ナショナリズムのウルトラ化を自己の責任外の出来事とした。「日本ロマン派」を黙殺することが正しいとされた」と。

竹内がこの論説で「日本ロマン派」に言及したのがきっかけで、「黙殺」されていた「日本ロマン派」が論壇でひろく採り上げられることになったとされる（橋川文三『日本浪漫派批判序説』。筆者の手許にあるのは増補版『日本浪漫派批判序説』）。竹内は、「日本ロマン派」の中心人物であった保田與重郎とは旧制大阪高校の同級生で、心情的にも近いものをもっていたという。

ここで日本ロマン派の思想と運動の概要についてふれておこう。利用するのは橋川文三『近代日本政治思想の諸相』（未来社、一九七一年）所収の「日本ロマン派から大東亜共栄圏の思想へ」である。私には知見の乏しい分野なので、橋川の見解を紹介するにとどまる。

まず日本ロマン派登場の背景であるが、橋川は次のように述べている。一方で、西欧にシュペングラーの『西欧の没落』が物語るような西欧思想の行きづまりについての危機意識があって、それが日本の国際政治における危機意識と二乗化されたこと、またこの時期に「最も合理的で、最も体系的思想とみなされていたマルクス主義の敗退のために、一般に西欧的な知的方法への懐疑が日本知識層をひろくとらえていた。たよるべき知的方法が見失われたとき、人々の心は自然に「日本的なるもの」「民族的なるもの」へと回帰しはじめた」。

保田は、一方でマルクス主義の崩壊を目撃しつつ、しだいに「民族的なるものへの信念を強めていった」末、批評のよりどころとした方法は、「一つは本居宣長を主とする国学であり、もう一つはドイツ・ロマン派のイロニー(反語)という批評方法であった」。日本ロマン派ははじめは近代主義批判の文芸批評の一運動であったが、時代の推移とともに、一定の政治的影響力をもつようになった。その国学的非政治主義が、宣長の場合もそうであったように、いっさいの批判を排して「ただ素直に、自然にこれに追随するという態度を含んでいたために、戦争の拡大に対しても、むしろ無心にこれを賛美し、その巨大なひろがりにナイーブに陶酔するという結果をともなったからである」。

橋川は、日本ロマン派の主張に認められる「革命的政治行動の挫折と閉塞に起源する心情世界への逃避」に「農本的郷土主義」と共鳴するものがあるとみている。橋川は、こうして「日本浪漫派と農本主義」の共通因子の解明を行った（「日本浪漫派と農本主義」『日本浪漫派批判序説』所収）。そのことは、橋川自身の反近代主義への強い関心を示しているものと考えられる。ただ前近代が濃厚に残るなかでの反近代主義には出口がなく、前途を見定めることができないという通弊がある。

竹内の戦時民族主義への共感に立ち返ることにしよう。竹内がこの論説で主張したのは、日本ロマン派を忘れるなということだけではなかった。竹内の真の狙いは別のところにあったものと考えられる。おそらくみずからの体験に照らして大東亜戦争の意味を問うことと、戦時下の民族主義体験を総点検することであっただろう。後述の竹内の論説「近代の超克」（全集⑧所収）からその全容をうかがうことができる。しかしこの「近代主義と民族の問題」（全集⑦所収）にも、竹内の思いの一端が記されている。この論説で竹内は「大東亜戦争」への強いこだわりを示している。

「日本ファシズムの権力支配が、この民族意識をねむりから呼びさまし、（眠り込ませたのはプロレタリア文学だとしている――小林註）それをウルトラ・ナショナリズムにまで高めて利用したことについて、その権力支配の機構を弾劾《だんがい》することは必要だが、それによって素朴なナショナリズムの心情までが抑圧されることは正しくない。後者は正当な発言権をもっている。近代主義によって歪められた人間像を本来の姿に満たしたいという止みがたい欲求に根ざした叫びなのだ。そしてそれこそは、日本以外のアジア諸国の「正しい」ナショナリズムにもつながるものである。この点は、たとえばラティモアのようなアメリカの学者でも認め、太平洋戦争がアジアの復興に刺激をあたえたという、逆説的ではあるが、プラスの面も引き出している」。

竹内はラティモアの名前までもち出して太平洋戦争がアジア解放の戦争であったと強弁している。開戦時の自分の決意宣言が間違っていなかったと言いたいのかもしれない。だが加藤周一が指摘しているように、朝鮮と台湾を植民地支配下に置きながら、インドネシアをオランダから解放するなどということはありえないことであった。竹内の詭弁であった。

竹内の主張は戦争の性格規定とも関係がある。「日本の行った戦争の性格を、侵略戦争であって同時に帝国主義対帝国主義の戦争であり、この二重性は日本の近代史の特質に由来するという仮説を立てた（「近代の超克」で――小林註）。したがって侵略戦争の側面に関しては日本人は責任があるが、対帝国主義戦争の側面に関しては、日本人だけが一方的に責任を負ういわれはない、という論である」とする。この竹内説について久野収が、戦争規定については「ファシズム対民主主義」という軸をもう一本入れるべきだと批判したという。竹内の回答は、ドイツの場合はこの基本軸は妥当であるが、日本の場合はかなり低い要素だというのであった。何を想定していたのか明らかでないが。

竹内の戦時民族主義体験の点検には、国民が戦争とどう関わったかという問いが欠かせない。国民の戦争体験をどうみるべきか。

竹内はいう。軍国主義権力が戦意高揚のために鼓吹したウルトラナショナリズムに国民が呼応したのは事実であるが、そこに認められる「素朴なナショナリズムの心情」を顧慮しなければならないとする。しかもそれだけにとどまらず、竹内は総力戦賛歌とも思える戦争観を「近代の超克」に記している。「総力戦と永久戦争と「肇国」の理想、この三者は互いに矛盾しあいながらも一体となって戦争の思想体系を形づくっていた」。総力戦の性質からして「肉体が召集や徴用を免れないだけでなく、精神も内側を戦争の思想によって占領されることから免れていることはできない」という。そしてこの言葉に続いて竹内は、「思想が創造的な思想であるためには、火中に栗をひろう冒険を辞することはできない。身を捨てなければ浮かぶことはできない。「国家の総力を挙げ」てたたかったのは、一部の軍国主義者ではなくて、善良なる大部分の国民であった。国民が軍国主義者の命令に服従したと考えるのは正しくない。国民は民族共同体の運命のために「総力を挙げ」たのである。今日、シンボルとしての天皇と、権力主体としての国家と、民族共同体としての国民をわれわれは区別することができるが、それは敗戦の結果そうなったのであって、総力戦の段階へ類推を及ぼすことはできない」と述べている。

太平洋戦争の初期に国民の多くが「総力を挙げ」てたたかったというのは、その通りであろう。

竹内は自分も「総力を挙げ」てたたかったと言いたいのかもしれない。竹内の戦中の行動はそのようにはみえないけれども。しかし戦争の無残な結果は、日を追って国民の日にも明らかになる。死の恐怖が迫っていることを誰もが実感せざるをえなくなる。実は、竹内は、「近代の超克」発表以前（一九五五年二月）に総力戦体制を糾弾する文章を残している。「転向と抵抗の時代」（全集⑦所収）の一節を引いておく。

「戦争が進むにつれて、国民生活の画一化、非人間化は、内臓を泥足でかき廻すほどの狂暴なものになっていったのである。（中略）このことは、権力が、法律や制度や宣伝を通して、国民生活に干渉し、戦争遂行のためにあの手この手と着々布陣していった事実と対応している。戦争開始と同時に、国民精神総動員運動がはじまっている。最初は啓蒙宣伝活動に止まっていたが、後に国家総動員法に法制化（三八年）された。国民は生命財産をあげて権力者の意のままにされることになった。赤紙がくれば戦場へやらされるし、白紙がくれば工場へやらされる。軍事上の必要があれば通達一本で家をこわされて、財産を奪われる。勤労奉仕や神社参拝の強制、防空演習の強制、隣組常会への出席強制、公債割当ての強制、そしてさらに食糧はじめ必需物資の統制に及んで、これは戦後になっても残っていた。この戦争の全期間を通じて、権力者は国民組織に着目し、国民活動の一切を戦争遂行の目標へ向ってすくい上げようと意図した。…このために二つの手段をとった。一つは、人民の自主的な活動をたたきつぶすこと、一つは、上からの組織を与えることである」。

総力戦賛歌と総力戦非難、総力戦観をめぐる竹内のこの分裂は、十二月八日の竹内の顔と一九六〇年の安保闘争における竹内の顔、この二つの顔を映し出しているのかもしれない。

③戦時下知識人の戦争賛美と竹内の共振

再生ナショナリズムの手掛かりを求めて竹内が試みた戦時民族主義体験総点検の対象は、竹内の論説「近代の超克」に列挙されている。竹内が想起すべきだと考えた戦時体験の総体が一目瞭然である。小見出しをひろうと、一「問題のあつかい方について」、二「「超克」伝説の実体」、三「「十二月八日」の意味」、四「総力戦の思想」、五「「日本ロマン派」の役割」、以上である。このうち三と四についてはすでにふれたので、ここでは「近代の超克」と「日本ロマン派」を中心に竹内の点検の結果を記すことにする。戦時下知識人の知的破産を竹内は一応確認しているものの、その一方で竹内は知識人たちへの共振を露呈しているようにもみえる。ともに戦時体験を味わったのだと言いたいのであろう。竹内によれば、「近代の超克」を題名とするシンポジウム（一九四二年）に参加した知識人たちの人的構成からみて、三つの思想の要素、或は系譜が認められる。「文学界」グループ、「日本ロマン派」、「京都学派」である。「この派が組み合わさって、思想としての「近代の超克」を成り立たせている」。

それではシンポジウムの主催者の意図はどこにあったのか。竹内は、河上徹太郎の「結語」を引用している。「これが開戦一年間の知的戦慄のうちに作られたものであることは、覆うべくもない事実である。確かに我々知識人は、従来とても我々の知的活動の真の原動力として働いていた日本人の血と、それを今まで不様に体系づけていた西欧知性の相剋のために、個人的にも割り切れないでいる。会議全体を支配する異様な混沌や決裂はそのためである。そういう血みどろな戦いの忠実な記録……」。

竹内の「血ぬられた民族主義」という語は、河上の「血みどろの戦い」という語から示唆を得たものと察せられるが、そこには同じく「知的戦慄」に感動した竹内の共振が感じられる。それはともかく、シンポジウムそのものは各人が勝手なことを言い合っただけで、結論らしいものは何もないままに散会した。「近代」についての評価が定まらなかったところからしても当然であろう。竹内は、参加者の発言のうち西谷啓二の論文の文言などを引用しているが（竹内は一時期西田哲学にも強い関心を持っていたらしい）、西谷は、近代的なものがヨーロッパ的なものだという前提のもとに、「世界新秩序の樹立」、「大東亜の建設」が「歴史的必然」であると述べている。だが、なぜ「歴史的必然」なのか、いっこうに明らかでない。結局ヨーロッパ的近代（普遍的理念）に対置しうるのは、仲間言葉による東洋哲学（「東洋的宗教性」?）か、無内容な「日本の伝統的精神」（国粋主義的精神論）に帰着せざるをえないのではなかろうか。ちなみに、廣松渉は、『〈近代の超克〉論——昭和思想史への一視角』（講談社学術文庫、一九八九年）において、高坂正顕説を検証したうえで「原理的には、氏の近代超克論は西田哲学の埒《らち》をそれ自身として踏み出る類《たぐい》のものではなかったし、所詮は東洋的「無」に一切が託される構図になっている」と指摘している。またシンポジウム参加者の一人である中村光夫が指摘しているように、「明治以来我国が西洋から蒙った影響」が日本人の「生活様式の根底にまで深く食ひ込んでゐる」のに輸入品としての「我国に独自な「近代」の性格を無視して「近代の超克」を語るのは、少なくとも僕らにとっては無意味な観念的遊戯にすぎまい」（シンポジュウム参加者の多様性を物語っている）。

竹内の小項目「「日本ロマン派」の役割」についての記述は、雑誌『日本浪漫派』の実質的な代表者であった保田與重郎の思想から演繹してくるのでなくて、「「近代の超克」論議においてそれが果たした役割に集中して考えてみたい」という立場からなされている。

竹内は「日本ロマン派」の構成要素として橋川説、すなわちマルクス主義、国家学、ドイツ・ロマン派からなるとする説に言及しているが、この三要素のうちマルクス主義とドイツロマン派はいうまでもなくヨーロッパ思想の一翼を占める。ヨーロッパ思想と国学の混在が、何でもあり（日本主義も、復古も、共同体へのあこがれも、合理主義への懐疑も）の「日本ローマン派」を特徴づけているのかもしれない。

竹内は「保田の果たした思想的役割は、あらゆるカテゴリイを破壊することによって思想を絶滅することにあった。この点で彼は、概念の恣意にカテゴリイを従属させた京都学派よりもさらに前進していた。彼は文明開化の全否定を唱えたが、彼のいう文明開化は…近代日本の全部であった」。

結局のところ「近代の超克」をどう評価すべきなのか。竹内はいう。「「近代の超克」は、いわば日本近代史のアポリア（難関）の凝縮であった。復古と維新、尊王と攘夷、鎖国と開国、国粋と文明開化、東洋と西洋という伝統の基本軸のおける対抗関係が、総力戦の段階で、永久戦争の理念の解釈をせまられる思想課題を前にして、一挙に問題として爆発したのが「近代の超克」論議であった」。だから問題の提出は正しかったし、それだけ知識人の関心も集めたのである。その結果が芳しくなかったのは問題の提出とは別の理由からである。戦争の二重性格が腑分けされなかったこと」だとする（永久戦争の信奉者である竹内の戦争論議に立ち入る必要はあるまい）。

竹内が再生ナショナリズムの手掛かりを求めて戦時民族主義のルーツをさぐる追体験の旅はこうして終わった。戦争、民族主義、伝統、この三位一体の構造を再確認したことが竹内の旅の成果であった。

一九六〇年の安保闘争の前夜に竹内が発表した「「民族的なもの」と思想」と題する一文がある（全集⑨所収）。ジャーナリズムの注文に応じてナショナリズムについて述べている。「正月の論壇を通観して、たしかにナショナルなものがいちじるしく稀薄になっていることを、私は強く感じた。日本の革命が未来図から脱落したのも、そのことと関係があるのかもしれない」。竹内によれば、「十年前の一九五〇年には、戦争と革命は予測でなくて現実であった。前年の秋に中華人民共和国が成立し、その年の夏に朝鮮戦争がおこった。日本の革命も、多くの人にとって不可避と信じられていた。十年後の天下泰平を当時予想したものは、おそらくいなかったのではないか」と竹内はいう。

当時世界の大勢は、フルシチョフが提起した雪解けムードに包まれていた。竹内はそれを無視するかのように、世界の大勢がどうであれ我は我だという「主体の論理」が大切だと強調している。そして「そのような主体の論理は、ナショナルなものを中核にしなくては成立しない」。竹内の民族主義重視、伝統重視の姿勢は変わっていない。その竹内にとって、安保闘争は革命の季節の到来と民族主義の再興を予感させるものであっただろう。

元来ナショナリズムというのは、不定形であって、対外的には反帝国主義、排外主義、拡張主義となって表れるが、対内的には旧支配体制を打倒するとともに社会を根底から変革する社会革命に向かうこともあれば、ときの政権が政策目標を追求するために国民を動員する単なる手段ともなりうる。しかも情勢変化にともなって立ち向かう方向が急変する契機にもなる。中国の例でいえば、中共政権成立後中国が大国化するにともなって毛沢東の大国ナショナリズムの感情が肥大化し、先進社会主義国のソ連との対決姿勢を強めて一触即発の戦争危機を招いた。また国内では社会革命のゆき着くところ大躍進、人民公社化のための国民の根こそぎ動員となり、何千万人もの餓死者をだす惨事を招いた。ナショナリズムの諸相は多面的であり、民族主義礼賛ですむことではない。

一九四三年に刊行された『近代の超克』所収の論文と座談会記録は、一九七九年刊の『冨山書房百科文庫㉓』。「近代の超克」について論じた著書・論文は、竹内の論説以外に次のものがある。廣松渉の著書は本文中に記した。子安宣邦『「近代の超克」とは何か』（青土社、二〇〇八年）は訓詁学的な字句の解釈に終始している。

三　竹内好と雑誌『中国』

雑誌『中国』は少人数の研究会、「中国の会」が母胎となって誕生した。一九六三年二月刊の第一号から、国交回復によって使命を終えた一九七二年十二月刊の第一一〇号まで、十年近くにわたって発行された。最初は「中国の会」の出版活動の一環として超小型版の雑誌として刊行されたが、一九六七年十二月号から徳間書店の援助を得て雑誌の拡充が行われ、基礎が安定した。この号に「中国の会」の「ごあいさつ」が記されている。「すべての党派的偏見を排除して、ひたすら日本人にとって中国が何であるかを探求すること六年有余、その実績によって中国の会は今日、かけがえのない貴重な存在になったことは御承知のとおりであります。（中略）主観の好悪によって裁断するのでなく、冷静に民衆生活の底辺から実態をさぐる姿勢と、および単眼の代りに時間的、空間的な複眼によって対象を立体的にとらえる方法とは今後もつづけてまいります」。

会の代表者として終始雑誌を支える中心的な役割を果たしたのは竹内好であった。会の発起人の尾崎秀樹は、会の発足時の様子についてこう語っている。「会の形式はあってなきがごとく、茫洋としていて、その渾沌の中から、何かが生み出されていく。そういう発想だったんです」、と。雑誌の編集陣には橋川文三も加わっていた。

竹内は創刊号から「中国を知るために」というテーマで短文を連載している。全文が『竹内好全集』第十巻、第十一巻に収録されている。そのときどきの周辺の話題から種を拾うことが多かったようであるが、トピックは多岐にわたる。少なくとも竹内にとっては、「中国の会」も、雑誌『中国』も、国交正常化実現にかける執念の所産であった。

会が発足した頃竹内が発表した二編の論説（『世界』、一九六三年六月、一九六四年三月）が、日中関係の正常化に竹内がどれほどの情熱を注いでいたかを示している。第一編「中国問題についての私的な感想」にはこう記されている。「中国問題についての私の主張または意見は、ただ一つしかありません。…この十年間、あるいはもっと前から、そのただ一つの意見を、何回もくり返し、形を変えて、紙に書いてきました」。「中国と国交回復せよ。平和条約を結べ。これが中国問題の核心であり、全部である」。次いで第二編「ふたたび日中問題について」では、前途の容易ならぬことを述べている。「日中関係の打開を、政治的に有効にはかろうとするならば、国交正常化への第一歩として、まず戦争終結を目標とする国民的な運動をおこし、その力で政府を動かすしか方法がないように思います。しかし、それが可能かというと、いろいろな事情からして、私は不可能に近いような気がします」。「ですから、権力の座に遠い一学究である私のなすべき、また、なしうることといえば、みずから歴史を復習し、また人にそれをすすめるだけです。みなさん。歴史を復習しましょう」（第一編・第二編、ともに全集⑪所収）。竹内はそう主張している。

一九七二年九月末、田中首相の訪中によって日中関係の正常化が宣せられた。その直後の雑誌『中国』最終号に、雑誌存続の是非をめぐる関係者の座談会記録が掲載されている。司会者は飯倉昭平。参加者は安藤彦太郎、新島淳良、野原四郎、尾崎秀樹、橋川文三、竹内好である。賛否が分かれたが、結局幕を閉じることになった。

国交回復の実像は、竹内が予想した構図とは大きく違っていた。竹内にとって想定外の大きな問題点が二つあった。一つは、自民党政権が主導性を発揮して正常化が実現したこと。いま一つは、正常化の黒幕がアメリカであったこと。

自民党政府の田中首相が訪中して日中国交回復が実現したのは、政府間交渉である以上当然ではあるが、竹内にとっては意外な結果であっただろう。それというのも、自民党は冷戦下でアメリカの命ずるままに中国との対決姿勢をとり続けていたからである。戦後日中関係正常化を訴え、日中友好運動を展開していたのは、左翼を中心とする反体制勢力であった。竹内は、日中友好運動に期待をかけ、反体制の側が正常化のリーダーシップをとることを期待していたものと思われる。ところが自民党政府が正常化の主役となり、日中友好の主たる担い手は政・財・官に移行することになった。それまで日中友好運動を推進していた左翼陣営は後景に退かざるをえなくなった。日中友好団体の代表は「私どもは、これからどうしたらよいのでしょう」と嘆いたという。

竹内は、会の解散を決定した座談会でこう語っている。「これまでだったら、簡単にいうと、〝北京北京〟といっていればよかった。今度は田中が〝北京の北京の〟とぶつわけだ。そうなってしまえば、田中と同じことをぶてないでしょう」と。

竹内にとって想定外の最大の出来事は、日中関係正常化が実質的にアメリカの御膳立てで実現されたことである。冷戦下で中ソ間の軍事危機を打開するために中国が打った手がアメリカ帝国主義との妥協であった。その結果米中和解がなり、田中訪中がアメリカの容認によって可能となったのである。このような日中正常化の背景について竹内は想像だにできなかったであろう。世界政治の多極化の趨勢は両極分化の竹内の思考法でとらえられるものではない。日中正常化の真の主役はアメリカであったともいえる。

一九七一年七月十六日、ニクソンの訪中発表を竹内はやきもきして見守っていたものの、米中関係改善が日本にどのような結果をもたらすか、読めなかったのは不思議でない。アメリカの関与について鋭い観察を行っているのは加藤周一である。一九七一年八月と十一月に、米中接近についての感想として、加藤は「ああ、日中国交回復でさえも、米国追随の結果としてはじめて成るのか、という感慨を禁じ難い」と述べるとともに、「日本国の対外関係は、すくなくともその大すじにおいて、ワシントンで決定されていた」と慨嘆している（加藤周一『中国往還』中央公論社、一九七二年）。竹内にはない視点である。

雑誌『中国』の座談会参加者の発言で特筆しておきたいのは、野原四郎の問題提起である。一部を摘記すると、「われわれが中国をとらえる方法そのものに、非常に大きな誤謬があるんじゃないかってことなんだな」。「ぼくら中国研究者の研究方法というものは、中国に対して、あまりに心情的であって、悪くいえば、中国の言葉でしゃべっているというようなところが、まだまだ抜けきっておらんと」。「やっぱり毛沢東思想というものを、もっと相対化して理解することが、研究の場で行なわれなければいけないんだ。毛沢東思想は形而上学には縁がないはずだ。単なる研究という限定はあるにせよ、中国のこれだけは分るという仕事がしたいものだ」と。竹内の毛沢東神格化を意識していたのかどうか明らかでないけれども。

野原は、国交回復の背景についても驚くべき洞察力を示している。その一つは、中国側が日本の軍事工業の核である三菱などの大資本を丁重に扱ったことに注目している点である。「日本の軍事技術をどう利用するかという問題は、向こうにとって相当重大なことなんだなあ」と中国側の意図について推測している。もう一点は、「中国側にはソ連との関係がある。あれほど大規模な地下壕をこしらえるという状況をみれば、中国にとって、中ソ問題はいかに真剣なものかが分る」と述べている。中ソの戦争危機が米中関係改善のきっかけであることを、この時点で、ここまで見通した専門家は、野原以外にはいないであろう（野原四郎は当時専修大学教授、翻訳書にガンサー・スタイン『延安　一九四四年』（みすず書房、一九六二年）がある）。

竹内は戦後一度も訪中していない。一九六七年のことであるが、ある座談会で（『中国』拡充版第一号）、橋川文三がなぜ訪中しないのかと質問した。竹内は、偶然が重なった結果で、行かないという方針を決めていたわけではないと応えている。あるいは出番がないことを承知していたのかもしれない。

四　戦後知識人と中国・アジア問題

①鶴見俊輔にとっての竹内好

竹内称賛の書は今でも根強い人気を保っているようである。岩波の現代文庫のなかの一冊、鶴見俊輔『竹内好――ある方法の伝記』も竹内人気を支える評伝の一冊であろう。

鶴見は、竹内が大東亜戦争についても、中国革命以後の行く末についても、自分の予見が不十分だったと自己認定していると述べたうえで、「自分の予測がどれくらいはずれたかを　それぞれの現在の位置にたって繰り返し測って認める。さらにその錯誤の認識をふくめて、元の自分の予測の中に何がしかの真実がふくまれていたその部分だけをふるいにかけてそれを守る。これを間違いの力、あるいは失敗の力と呼ぶとして、その判断を支える冷静さと勇気の組み合わせに私は感動する。」。竹内の予見があやまっていたにもかかわらず、その背後に一貫したものを認めるということであろうが、竹内の読者にそこまで求めるのはムリではなかろうか。

鶴見は、自分が竹内になぜ引き寄せられたか、みずからの体験について語っている。鶴見の戦争中の生き方は竹内とまったく違っていた。戦争反対の立場に立っていたし、その立場を支えてくれたのは棒くい（原理）で、世界の向こうにあるカント、スピノザ、さらにロマン・ロラン、ヘルマン・ヘッセなどであった。「それに自分を引き寄せて、なんとかしていまのこの日本の中の軍国主義の流れにさらわれまい」とした。ところが「棒くいにしがみつくようにして生きるというやり方でいいのかという疑いが、戦後私の中に生じた。それが私が竹内さんの著作に引き寄せられた原因なんです」という。ここには鶴見自身の生き方への惑いがなぜ生じたのか、それがどういうきっかけによるものか、書かれていない。戦後自由に考え、語れるようになって、改めてみずからの立脚点を問う必要に迫られたということかもしれない。戦後の知識人たちにある程度共通する体験でもあろう。

それでは、鶴見は竹内のどこに惹かれ、竹内の思想のどこに注目したのであろうか。鶴見がとりあげている竹内思考の核心は、ほぼ予想通りという印象を私は受ける。近代主義批判と民族主義、この二点である。

まず竹内の近代主義批判であるが、鶴見は、竹内の近代主義批判そのものに踏み込むのではなく、竹内の近代主義への気配りに注目している。鶴見によれば、竹内は「近代主義を敵にまわす立場をとることをみずからに課するとともに、近代主義の流れの中にいる文学研究者として、吉川幸次郎、加藤周一を敵の陣営中のすぐれた人として認めており、混戦の中では、自分がどちらにつくかわからないとまでいっている」。「近代主義批判は、戦後日本の論壇に竹内好を知らせる働きをしたが、竹内は近代主義をそのあらゆる流派、その主張の細部にまでわたって反対したわけではない。近代主義の旗頭として登場した加藤周一に対しても、対立と共に接点を持っていたことは、加藤の著書に対する竹内の書評にあらわれている」と。

竹内の近代主義擁護とも思える一面を鶴見がとりわけ重視していることは、鶴見自身が反近代主義に徹しきれなかったことを示唆しているように思われる。鶴見自身はみずからを近代主義の「敵の陣営」に位置づけていたのかどうか。

もう一点の民族主義であるが、竹内の見解と鶴見自身の見解が微妙に交錯している。鶴見著の「戦中思想再考」の項目に、「民族精神を担う個人」という小見出しを付した短文が含まれている。鶴見はこう述べている。「竹内好が、いつも「民族とわたし」という仕方で、日本思想をとらえていたということに注目してほしい。それを覚えておきたい。民族が私を通して働くということ。いまの民族の動きに、私一人でも対立するという強いエネルギーを持ちたい。その中に民族文化というものがあるんで、いま国家が、政府がそういうふうに命令したからそのように常に従うということが、民族精神ではない。民族精神の重要な部分として、私が自分個人の責任において、それを担うということがあるんですね」という。

私には、独立独歩の個人（あるいは市民）の行動に「民族精神」を入り込ませる必要があるのか、疑問におもえる。丸山眞男ならずとも、民族主義の高唱には警戒感を持たざるをえない。戦後の民族主義高唱の系譜をたどることがここ数年とりわけ必要だと私は感じている。

これも予想されることであるが、鶴見は竹内の目で中国・アジアを見ている。魯迅に始まり毛沢東へと至る。一例を挙げると、竹内のサークル活動についてのコメント（「サークルについて」『全集⑰』所収）と結び付けて、唐突な毛沢東礼賛の語を記している。「この文章の中には、毛沢東の持久戦論をたかく評価し、人間が自主的に生きてゆくために根拠地が必要であることの認識もいきている。文化大革命については、批判をもって見守るという姿勢がある」。

鶴見俊輔の立ち位置を知るうえで興味深いのは、鶴見編『語りつぐ戦後史①』に収録されている丸山眞男との対談の記録である。戦後の方向転換の契機についてこう説明している。「アメリカ・ヨーロッパ的なものの影響力の限界みたいなものに戦後の世界史がつきあたった。アメリカも、自分の普遍性を試されるっていうか、むしろ、普遍性の無さを暴露してきたような感じですね」と述べ、次いで吉本隆明の丸山批判を口実に使って、「アメリカ・ヨーロッパ的な座標軸というもので、日本の特殊性を見ていこうとする傾向」があるという吉本の批判が自分に当てはまる（ほんとうは丸山と言いたいところであろう）として、「それで、非常な方向転換を戦後にした。アメリカ的な考え方が、これほど普遍性としての矛盾を露呈するとは戦争中には思ってなかった。だから戦後の日本のいろんな影響のなかでね、ある種のアメリカナイゼイションの方向に行くことを期待して幻滅しているわけです。その結果、……日本のことだけしか関心の対象にしない、というふうになっちゃって…」。鶴見のこの発言に対して丸山は、「私にいわせれば、鶴見さんにはそういう無理をする傾向がある。無理してナショナリストになろうとして…」と評している。

鶴見の思考軸にはもう一つ、ナショナリズム対インターナショナリズムという軸がある。鶴見の場合、アメリカ留学、プラグマティズムの紹介など、インターナショナリズムは青年期以来鶴見の体質と化している観がある。一九六〇年代の鶴見の「べ平連」の旗頭としての活動は、軸足をインターナショナリズムに置いていたと見てよいのであろう。鶴見自身は「民族主義をとしてのインターナショナリズムの道」を唱えていたとされるが、この運動で民族主義を判別するのは難しい。私にはベトナム運動を追跡する余裕はないが、鶴見の多面的な思想と行動を統一的に把握するのは困難である。鶴見に対して私は、座標軸なき行動派という印象をぬぐい難い。

②国際派知識人加藤周一の中国・社会主義観

戦後のいわゆる進歩的知識人にとって、中国問題は鬼門であったようにもみえる。鬼門として問題を避けたというのではない。むしろ強い関心を持たざるをえなかった問題であるだけに、冷戦下の中国の激動が続く中で自分との距離感を保つのが難しかったのである。一般的には、左翼色が強く、進歩史観に傾きがちであった識者たちは、革命に勝利し、壮大な社会主義実験と取り組んでいる中国に対して、ともすれば希望的観測を抱くことになった。

知識人のなかでも近代主義者と目される人たち、丸山眞男や加藤周一などは、比較的クールに中国を見つめていた。中国の革命と民族主義にはげしく共鳴した竹内好周辺の識者たちとは違う。丸山からみると、毛沢東理論は後進国革命論であった。「プロレタリアート独裁の国家体制は、高度の発達した工業国で出現する条件がなくなりつつあるのじゃないか」と語っている（『革新思想』、日中比較論については『思想と行動（下）』）。

加藤周一の中国論は、世界を広く視野に入れた近代主義者の良識に基づく中国観察のサンプルといえるかもしれない。もともと仏文学者で、ヨーロッパの精神史や戦後史についての論著の多い加藤は、マルクス主義、社会主義に一貫して強い関心を抱いていた。

加藤は六十年安保闘争にはほとんど関与していないようである。欧米での滞在が長かったことも関係があろう。海老坂武『加藤周一』（岩波新書）によれば、一九六八年のチェコ事件発生とほぼ同時に現地を訪れた加藤が、中国の文化大革命に共感を示しているというが（未確認）、この頃から中国や日中関係について論じるようになったようである。

一九七二年二月のニクソン訪中の少し前、一九七一年の九月から十月にかけて加藤は訪中して、印象記を記した『中国往還』と題する書（中央公論社、一九七二年）を刊行している。文中には「中国または反世界」、「中国または人民の兵営」などの小項目が並んでいる。

加藤のいう「反世界」であるが、「今日の中国社会は、西欧や日本の社会とくらべて、万事が「あべこべ」であるばかりでなく、他の社会主義国とも、また多くの工業的後進国とも著しくちがっている」と、驚きを記している。「かね」をもうけるための「広告」がない。「大衆は規律正しく、その公衆道徳はおそらく世界中に比類のないほど高い」、など。

ちなみに加藤のこの印象は、加藤よりも五年まえの一九六六年三月、文化大革命が水面下で動き始めていた時期に初めて訪中した私の印象と部分的に重なる。ただ私は当時二年間の任期で香港に滞在中であった。中国事情に通じていると思っていたのに、文革前夜の中国の予期しない一面をみた記憶が同時に刻まれている。北京ではパーマ屋が繁盛しており、私の担当通訳（監視役でもある）がスイス製高級時計を腕にはめ、日本製高級カメラを所持していた。東北（旧満州）出身で医者となった兄が訪日の際に買い求めたということであった。文革前夜に劉少奇、鄧小平の「修正主義」路線が顔をのぞかせていたのである。数ヶ月後に文革がはじまると、大陸から香港に多くの死体が漂着するようになる。

加藤の著書に「米中接近」、「外交不在四十年」などの項目がふくまれていて、厳しい日本外交批判のコメントが記されていることについては、前述した。

加藤は、毛沢東没後の一九七二年の秋に中国を再訪して、そのときの印象記も発表している。いわゆる「四人組」の追放直後で、鄧小平時代は始まっていなかった。前途を見極めるのが難しかったのは当然である。

加藤周一は二〇〇八年十二月に他界した。死後『私にとっての20世紀』と題する書（岩波文庫）が出版されている。同書の第3章のテーマは「社会主義　冷戦のかなたへ」である。社会主義体制の全面崩壊をどう考えるかということに中心をおいている。小見出しに「ソ連邦の崩壊」、「19世紀の社会主義思想」、「ソ連型官僚主義的社会主義」、「中国問題は冷戦史観では理解できない」などの項目が記されている。

加藤は、社会主義の終焉という考えに異議を唱えている。社会主義はソ連型社会主義だけではない。英国・北欧型の福祉国家や社会民主主義の国もあるし、民族主義的社会主義もある、という。後者は主として中国を想定している。

ソ連邦の崩壊を加藤はまったく予想していなかったというけれども、「ソ連型社会主義が内部に持っていた弱点によって自己崩壊したのです」と結論づけている。その弱点とは、中央集権制そのもの（極端に中央集権的な計画経済、それを実行する官僚機構）の弱点に加えて、大衆の労働意欲の低下に伴う非能率をあげている。計画経済システムの瓦解に中心をおいた加藤の見解は、崩壊要因の重要な側面ではあるが、ほかにも重要な要因はいくつもあった。プロレタリアート独裁（共産党独裁）の強権支配、人権抑圧についての民衆の不満の高まり（ヘルシンキ宣言を想起すべきである）などについて、加藤は触れていない。残念なのは、社会主義体制全面崩壊後のマルクス主義理論や社会主義理念についての加藤の再考が語られていないことである。

加藤は、「中国問題は冷戦史観では理解できない」という。冷戦史観によって反共主義の観点から中国をみる見方が大勢を占めていた時期があったが、それは誤った中国観である。「社会主義者が指導したから中国が四九年の革命を成し遂げたのではなくて、社会主義者が、もともとあった独自の要求、植民地主義者の追放に奉仕したから成功したのです」。「社会主義に還元するのではなくて、たとえばナショナリズムの原動力というものを充分に認識して中国のイメージを作る必要がある」としている。要するに、民族主義の観点から中国を見直すべきだというのであるが、共産中国がソ連の社会主義経済システムの導入から始まって市場経済システムへ、さらに実質的に資本主義経済システムへと全面転換した中国の社会主義経験を無視するかのような加藤の中国観が、説得的であるとは到底思えない。また毛沢東の社会主義願望が強烈な民族主義感情（私は毛沢東の大国ナショナリズムの感情と呼んでいる）に支えられていたのは事実であるが、共産主義中国についてマルクス主義、毛沢東思想といったイデオロギーを抜きにして語ることはできない。中国問題は国際派知識人加藤にとっても鬼門であったということであろうか。

加藤の二十世紀史把握の結末についても、私には期待はずれの感が残る。自分の体験に基づいて二十世紀史を語るとすれば、統一イメージを求めることがムリなのであろう。ホブズボームにはホブズボームの二十世紀史があり（『わが20世紀・面白い時代』三省堂、二〇〇四年）、加藤周一には加藤周一の二十世紀史がある。ここで私が加筆しておきたいのは、看過されてはならないと考える戦後史の二つの大転機についてである。第一に、米中関係改善がイデオロギーの死を招くとともに、中国が建国以来のアメリカ帝国主義との対決に幕をおろすことになったことが、結果的に社会主義体制の全面崩壊をもたらす端緒となったことである。第二に、社会主義体制の全面崩壊が、唯物史観の公式に終止符を打たざるをえなくし、マルクス主義の再考を迫ることになったことである。ポストモダンの論議の沸騰とも関係があるに違いない。

一九八九年の「東欧革命」の直後に開催された世界規模のシンポジュウムの談話記録が公刊されている。岩波書店の『世界』の臨時増刊（一九九〇年四月）として刊行された『東欧革命』がそれである。ドイツ、アメリカ、フランス、ソ連、東欧から世界の知性ともいえる政治家や学者、ジャーナリストが参加したこのシンポジュウムは、空前絶後の試みであっただろう。政治的立場や思想傾向は多様であったが、共通認識として確認されたのは、唯物史観の公式に終止符が打たれたという点であった。

ドイツの著名な歴史家ダーレンドルフが会議でこう述べている。「これまでの議論のなかで、実に内容の濃い意見がいくつも表明されました。これは一つの点で同じことを言っているようです。つまりそれは、ヨーロッパの私たちは皆、歴史の必然性に関する誤った概念から抜け出し、その意味で私たちは歴史を再発見したということです」。同様な見解は、「ル・モンド」誌の編集長の発言にもみられる。「共産主義革命の不可逆性の神話は、最早存在しません。ひょっとしたらそれが、一番重要な事実かもしれません。と言うのも、全く逆説的なことですが、共産主義者も反共主義者も、これを自明と看做していたと確認しなければならないからです。マルクスが受け継いだヘーゲルの観念とは、いかなる社会も、最終的にそれ自体を破壊する革命を内包しているというものでした」と。世界が未経験の新しい時代に入ることが、こうして確認されたのであった。

第三章　吉本隆明と戦後日本の革命幻想

一　革命幻想の鼓吹

①革命幻想と担い手問題

戦後日本の民主化課題に対して吉本隆明は、革命幻想を鼓吹することで戦後民主主義が虚妄だと主張し、戦後民主主義の打倒を革命の目標とした。

一九六〇年代に吉本は、新左翼運動を通じて、日本における「革命」の理念と実践に多大の影響を与えたが、それ以降長期にわたってわが国で革命幻想が存続することになったのには、吉本の言説が大きく関わっている。吉本自身は時代状況に応じて思考の機軸を移動させた。だが吉本の影響力は長く尾を引き、革命を唱えるセクト間抗争や法と秩序に挑戦するテロ事件が長年にわたって後を絶たなかった。先進諸国のなかでは他に例をみない現象である。

戦後の日本で革命幻想鼓吹の中心的役割を担ったのは日本共産党である。元来が政権奪取、共産主義化を目指す革命の党であり、ソ共・コミンフォルムのお墨付きを得た正統マルクス主義政党であった。敗戦直後に党内分裂や党内抗争を繰り返しながらも、共産党の左翼陣営内における精神的権威は長期にわたって維持されていた。

戦後十年を経たころから、内外情勢の激変にともなって、共産党支持層のあいだにも亀裂が目立つようになった。日共の武装闘争路線から平和的方法による革命路線への方針転換（六全協）も加わって、革命の焦点が拡散し、穏健化した共産党に不満を持つ党員やシンパのあいだで党を離脱する者が続出した。一部の離脱者は新たに革命組織の樹立をめざした。いわゆる「新左翼」の形成である。一九五八年十二月に除外された学生党員たちが結成したのが共産主義者同盟（ブント）である。一九六〇年の安保闘争を契機に急拡張を遂げた。そし新左翼運動のカリスマ的指導者として登場したのが吉本隆明であった。

長年中国の革命と共産主義運動を研究対象としてきた私からみると、後知恵ではあるが、日本では「革命」という語がひとり歩きしていたのではないかという印象を受ける。戦後の革命論議をいま振り返ってみると、「革命」とは何か、環境条件をかえりみない空虚な語が綴られている。革命権力が打倒を目指す対象がどういう政権なのか、革命が目標とする未来社会についてどう考えているのか、革命の担い手はどういう社会層なのか、政権奪取後の中核組織と反対勢力への弾圧（「プロレタリアート独裁」と呼ぼうと呼ぶまいと、暴力革命である以上は当然）をどう考えているのか、将来展望（国際社会で国家の消滅などありうるのか）をどう見ているのか、何もみえてこない二十世紀革命の原像として語られてきたのはロシアの十月革命である。第一次世界大戦を背景に労働者や兵士が都市で蜂起して、二月革命で帝制が崩壊した後誕生した臨時政府を打倒（「二重権力」の解消）し、レーニンの下で、ソヴィエトを通じて、革命権力をボリシェヴィキの手に集中させることになった一連の過程がモデル化されて、マルクス・レーニン主義の名で語り継がれることになった。だがモデル化された革命政権樹立の過程と革命権力維持の現実とのズレは早くから指摘されていた。やがて一国社会主義のスターリンの指導体制下における「プロレタリアート独裁」の実態が暴かれるにつれて、ロシア革命像も色褪せざるをえなかった。

吉本が自らの革命幻想を語っているのは、安保闘争「敗北」後の闘争回顧録においてである。この時吉本は新左翼の集団闘争から身を引き、「昼寝宣言」を発表しているが（「頽廃への誘い」『吉本隆明全著作集⑬』所収）、この頃発表された回顧録の類で吉本は闘争体験とからめて革命幻想について語っている（「擬制の終焉」、「情況とはなにか」、ともに『吉本隆明全著作集⑬』所収）。

「革命」とは何か。吉本が語っているのは革命の夢である。「国家権力によって疎外された人民による国家権力の排滅と、それによる権力の人民への移行―そして国家の死滅の方向に指向されるもの」という語が記されているが（「擬制の終焉」）、おそらくパリ・コミューンでもイメージしているのであろう。革命が指向するものについての記述はこれだけである。これでは闘争の指針どころか、闘争の方向性も定かでない。ちなみに、丸山眞男はパリ・コミューン型革命についてこう述べている。「十九世紀にはしばしばあったような、市街のバリケードをはさんで、市民と政府軍とが衝突するといった形の暴力革命は、政府が独占する組織的暴力の技術的高度化によって、現在ではますます不可能になっております」（「憲法第九条をめぐる若干の考察」『丸山集⑨』）と。

吉本は安保闘争に革命の幻影をみた（以下の引用文は『擬制の終焉』（現代思潮社、一九六二年）からとる）。（六月十五日夜）「国会をとりかこんだ渦は、あきらかにあたらしいインターナショナリズム（吉本はコミンテルン・日共式のインターナショナリズムを「窓口」革命主義と非難しており、これに対置して「あたらしい」を用いている――小林註）の渦であった。それはなによりもたたかいの主体を人民としてのじぶん自身と、その連帯としての大衆のなかにおき、それを疎外している国家権力の国家意思（安保条約）にたいしてたたかうインターナショナリズムの姿勢につらぬかれていた」と述べている。

しかしその一方で吉本は「革命が成就する」と信じていたわけではないともいう。「そこには革命的な状勢はすこしもなかったし、日本資本主義はかなり安定した経済的基盤にたって成功裏に政策を実施していたため、市民・労働者は秩序消滅のためにたちあがる主体的な姿勢をもっていなかったのである」。

労働者が革命に背を向けていたとすれば、革命を担う主体としては、「人民」や「大衆」をあげはするものの、結局学生集団ということにならざるをえまい。このような情勢のもとでは「全学連のはげしい街道行動につづいて市民と労働者のほう起があったとしても、それは政権の打倒、そして最大限にみつもっても一揆的な一時的政権奪取であり、すこしも革命ではありえなかったのである。いうまでもなく政権の打倒、政権の奪取と権力の人民への移行とは似ても似つかぬものである。」。

安保闘争に革命の幻影をみた吉本は、政権奪取の中核組織の形成プロセスについても語っている。みずからの闘争体験に根ざしているのであろう。吉本はいう。「組織論としていえることは、自立組織が各種各様にある求心的な運動をつづけ、脈略をつけては、核のほうへ繰り込み、また脈略をルーズにして各種各様の自立的な運動をつづけながら徐々に結晶してゆくよりほかなかろうさ。大衆組織ではもの足りなくなった自立集団があってどうしてもやりきれなくなったら、中衛組織くらいにしぼってみればいいさ。それで爪先き立ちで無理だということがわかったら、もとの大衆組織に戻ればよい。中衛でもものたりなかったら前衛的結晶をやってみて、無理なら戻ればいいさ」(「頽廃への誘い」)と。この吉本の言葉、長年中国革命を研究対象にしてきた私からみると、大量死の心配のないところでのいわば「革命ごっこ」のシナリオである。

吉本が革命の主力として期待したのは、労働者階級ではない。吉本は労働者を信じないと語っている。「日本の労働者運動はね、きみたちが物神化するほど立派なものじゃない…日本の労働者は戦時下には天皇の絶対的指令に黙々と服従し、戦後は既成党の方針に黙々と服従してきたという意味で、ドレイの体験を二重化している。いわば、いずれも前科二犯だ。どうして、いかにしてこれらの日本の労働者が階級として自立的に立ち上がる姿を幻にえがくことができるかね」（「頽廃への誘い」）。

吉本の労働者不信ともいえるこの発言は、敗戦直後のみずからの労働運動体験に加えて、労働者階級の前衛を標榜する日本共産党に対する強烈な反発に由来する。「安保闘争のなかでももっとも貴重だったのはいかなる既成の指導部をものりこえてしまい、いかなる指導部をも波濤のなかに埋めてしまうような学生と大衆の自然成長的な大衆行動の渦であった。……大衆はさまざまなイデオロギーの萌芽を、萌芽のまま行動によって語る」（「擬制の終焉」）。

「大衆」というのは重宝な語である。資本主義体制とリンクされたプロレタリアートと違って、無定形の存在である。「大衆」はつねに多数派である。だが多数派の大衆は、時代の流れに沿って支配権力に同調することも少なくない。自然発生的に「革命」に与するわけではない。吉本は支配者と大衆のあいだに中間項として知識人（知的大衆）を置き、大衆―知識人の構図で革命とナショナリズムについて語っている。知識人とは、「大衆共同性から上昇的に疎外された大衆であり、おなじように支配者から下降的に疎外されたものとして機能する」（「日本のナショナリズム」『吉本隆明全著作集⑬』）としている。大衆動員のために知識人が果たした役割を特記しようというのである。大衆は主役ではない（「歴史そのもののなかに虚像として以外に登場しえない」）。

吉本は『現代日本思想大系④　ナショナリズム』の編者として、「大衆ナショナリズム」について論じている。吉本は大衆のナショナリズムを心情レベルに中心をおいてとらえようとする。昭和期のウルトラナ＝ショナリズムとして結晶した天皇制イデオロギーは、大正期に認められた心情的な大衆ナショナリズムの基盤の喪失を前提にしているという。「大衆の「ナショナリズム」が心情としての実感性をうしなったということは、すでに村の風景・家庭、人間関係の訣《わか》れ、涙などによって象徴されるものが、資本によって徐々に圧迫され、失われてゆく萌芽を意味している。このような意味での資本制化による農村の窮乏化と圧迫と、都市における大衆の生活の不安定とは、知識層によって、ウルトラ＝ナショナリズムとして思想化され、それは満州事変いらいの戦争への突入と、一連の右翼による直接行動の事件の思想的な支柱を形成したのである」。

知識人「ナショナリズム」がつくり出したウルトラナショナリズムには、天皇制主義のほかに、「社会ファシズム」（農本主義ファシズム。北一輝、大川周明を想定）があるという。これにはスターリニズム（移植マルクス主義）からの転向者が含まれるとしている。「戦後ウルトラ＝ナショナリズムと名づけられたものは、近代日本の社会ファシズム（スターリニズム転向者を含む）と農本主義との両面から、このような試みに近づこうとした知識人「ナショナリズム」の一般的な傾向と、その現実運動をさしている」。ここにいう「このような試み」とは、「天皇の地位を超越的にして、支配階級を除去」しようとすることで、その典型例として農本主義者　橘樸《たちばなしらき》を挙げている。「橘に象徴される昭和の知識人「ナショナリズム」が、大衆の「ナショナリズム」を、その鏡としての支配層の「ナショナリズム」（「国体」、天皇制）と直結しようとして、近代知識人の存在自体の基盤である資本制支配そのものを排除しようとする指向をしめした」と指摘している。

戦後知識人たちの多くは再転向をよぎなくされた。「日本の知識人のウルトラ＝ナショナリズムの掌をかえすようなデモクラティズムへの転身と、社会ファシズムの掌をかえすようなスターリニズムへの転身をみた」と吉本は記している。敗戦によるナショナリズムの喪失とパラレルの再転向であった。

一九五〇年頃再生ナショナリズムを問う機運が高まるなかで、進歩的知識人たち、丸山眞男、竹内好、久野収、鶴見俊輔、橋川文三、藤田省三らは、誰もがナショナリズムについて論じている。彼らの場合は戦後掌をかえすように民主主義派に転向したわけではない。吉本も、これらの知識人は「戦争体験と知識人インターナショナリズム、ウルトラ＝ナショナリズムの転向体験を検討しつつ、そこから戦後における思想的な王道を探るという方法意識に要約される」と、彼らには一定の評価を示している。だがこれらの知識人たちは、革命主義者ではなく（橋川、藤田は一時期日共の党員であったという）、戦後民主主義の擁護者であった。

吉本がとりわけ厳しく糾弾するのは、戦後の知識人のスターリニズム（日共支持）への転身である。吉本自身は、「敗戦後、直ちに復元をはじめたスターリン主義的な現実運動や、デモクラティズムに惹かれることはなかった。」という。戦後の労働運動で「社共を中心とする擬制的政治運動と現実上共働しても本質的に惹かれたことはない。わたしは自分で思想の通路をつくりたかった」と述べている。吉本は、大衆ナショナリズムの「土着」化を唱え、反日共の革命の道を探ろうとしていた。

ちなみに、吉本はその後もスターリン批判を唱え続けたものの、スターリン主義とは何か、説明してはいない。自分と対立するイデオロギーや政治行動をひっくるめてスターリン主義と呼んでいる観すらある。吉本のいうところによれば、「日本にも、米国にも、ソ連や中国にも虚像をもたないというリアリズム覚醒を敗戦体験としたわたしには、「虚像」を「虚像」で打つという進歩派にも保守派にもあまり関心がない。いずれ虚像は死に、かれらが現実へひきおろされるとき、思想の土着化の課題が、かれらにやって来なければならないのだ」。

②戦後民主主義打倒へ

吉本が鼓吹した革命幻想であるが、革命について吉本は、権力奪取の組織論を語っているだけで、打倒の対象については明言していない。おそらく時の政権や政治体制を念頭においているのであろうが、安保闘争では打倒の対象は、岸内閣ではなく、戦後民主主義であった。

一九六〇年五月十九日、岸首相は、議会制民主主義を踏みにじる自民党の単独採決を強行した。翌二十日から自然承認が成立する六月十九日まで、岸内閣に抗議する大規模なデモが続いた。保阪正康は、この「一ヵ月間は、日本国民に戦後民主主義擁護の試験問題がだされたようなものであった」と記している（『六〇年安保闘争の真実』中公文庫、二〇〇七年）。岸による議会制民主主義無視の行動は、少数の例外を除いて、保守系政治家の多数によって支持されていた。翼賛政治からの転身者が多く、民主主義とは無縁の政治家たちであった。議会制民主主義が日本で定着するまでにははるかに長い年月を要した。野党の側も民主主義を手探りする日々であっただろう。

安保闘争では攻撃目標が戦後民主主義であったことを新左翼の学生指導者が明言している。小熊著が引用しているが、ブントの指導者であった西部邁は、「権力の所在を隠蔽しているのは戦後民主主義にほかならぬということを、ブントは直感していた」という。西部によれば、「多数決制にたいする軽蔑の念は並大抵ではなかった」。進歩的文化人がブントによって軽蔑された「本当の理由は、彼ら進歩的文化人が民主主義を至上のものとする認識に与していたこと、それがブントの気に喰わなかったのである」。しかし、だからといって「革命」を信じていたわけでもないという。「革命のみならず左翼的の理想のほとんどすべてがどうやら空語であるらしいと気づいていた」。「革命は幻想として語りはしたが、実在感のあるのは共産党駒場細胞との党派闘争であった」。内ゲバにすべてを賭けたということであろう（西部邁『六〇年安保』洋泉社、二〇〇七年）。

吉本は議会制民主主義が共同幻想だという。「一般にわたしたちがどんな憲法のもとにあっても、どんな「制度」や体制のもとでも、また「制度」によって規制され、それが与える機会を享受して生活しながらも、それを否認し、その「外」にあるとかんがえ、それから「疎外」されているとみなし、それに「反抗」する自由と権力をもつのは、およそ「憲法」や「制度」が、「共同的幻想」を本質としているからである」。吉本によれば、議会制の運営にかかわる「政治過程」そのものも「幻想的プロセス」であり、幻想的な手直しであり、幻想的な革命であるという（「情況とはなにか（抄）」）。

「戦後民主主義」の幻想打破を唱え、権力奪取を主張した吉本は、安保闘争で逮捕されたが、数日後に釈放された。逮捕前に決まっていた近代文学賞の授賞に支障はなかったという（大岡昇平・埴谷雄高『二つの同時代史』岩波現代文庫）。軍国主義の時代には考えられない「戦後民主主義」の恩恵を存分に享受したのである。

吉本は、安保闘争の「敗北」を契機として「昼寝」宣言をし、革命闘争にコミットすることから、「共同幻想論」などの執筆へのめり込んでいく。あるいは革命の時期が終わって、無限の過度期の時期に転じたと考えたのかもしれない。

安保闘争の幕を下ろすにあたって、吉本はこう総括している。「安保闘争は奇妙なたたかいであった。戦後一五年目に擬制はそこで終焉した」と。「擬制」とはなにか。「このような「私」的利害の優先原理の浸透を、わたしは真正の「民主」（ブルジョワ民主）とし、丸山眞男のいう「民主」を擬制「民主」であるとかんがえざるをえない」という。私的利害の優先の是非をめぐる吉本の丸山批判については前述した。吉本は、丸山のいう「民主」は「擬制前衛思想のピラミッドから流れくだったところに生まれる擬制進歩主義の変態にほかならなかった」と批判している（『擬制の終焉』、随処に）。吉本は丸山説に社共への同調を嗅ぎ取ったのであろう。

後年（二〇〇九年）吉本は、全共闘運動を回顧して次のように述べている。「僕は、戦争中に天皇制にイカれて、目もあてられないイデオロギーや時代を突っ張って担いましたが、どこかで全共闘の学生さんたちに僕らと同じものを感じていたというのが正直なところです」。全共闘世代は「敗戦によってアメリカ民主主義を受け入れて、国や集団の規制より自分の人生や生活のほうが大事だよという考えが曲がりなりにも広まり、それを体現した」世代であった。「相矛盾するような時代であっても、自分は生きて来たのだから、この二つの時代を繋げようとしたんです」。だが吉本個人が思想の一貫性にこだわることと、内ゲバを繰り返す全共闘の学生に戦争体験を重ね合わせて共感を示すこととどう繋がるのか、さっぱり分からない。吉本思考の特徴である体験思考については後述するが、みずからの体験に万感の思いを込めて拡張解釈する傾向は、吉本の言説のすべてを貫いているように思われる（インタビュー「天皇制・共産党・戦後民主主義」、『吉本隆明の世界』所収）。

吉本の著作は主として単行本を用いた。『擬制の終焉』（現代思潮社、一九八二年版を用いる）。『民主主義の神話』（現代思潮社、二〇一〇年）。『柳田国男論・丸山眞男論』（ちくま学芸文庫、二〇〇一年）。『改訂新版　共同幻想論』（角川文庫、一九八二年）。吉本隆明・赤坂儀憲雄『天皇制の基層』（講談社学術文庫、二〇〇三年）。『私の「戦争論」』（ちくま文庫、二〇〇二年）。『模写と鏡』（新装版）（春秋社、二〇〇八年）。『世界認識の方法』（中央公論社、一九八〇年）。『マス・イメージ論』（講談社文芸文庫、二〇一三年）。『完本　情況への発言』（洋泉社、二〇一一年）。吉本隆明・笠原芳光『思想とはなにか』（春秋社、二〇〇七年）。『第二の敗戦期』（春秋社、二〇〇七年）。

吉本隆明の編著『現代思想大系④　ナショナリズム』（筑摩書房、一九六四年）。『戦後日本思想大系⑤　国家の思想』（筑摩書房、一九六九年）。埴谷雄高編『戦後日本思想大系⑥　革命の思想』（筑摩書房、一九六九年）に吉本論説二本が採録されている。「思想的弁護論―六・一五事件公判について」、「頽廃への誘い」。この二本は『吉本隆明全著作集⑬』に収録されている。「自立の思想的拠点」も同様。

吉本についての論評　吉本逝去後に刊行された追悼文集二冊。『吉本隆明の思想』（『現代思想』、二〇一二年七月臨時増刊号）。これに収録されている「情況とはなにか（抄）」の丸山眞男批判を利用した。もう一点の文集は『吉本隆明の世界』（中央公論特別編集、二〇一二年六月）。吉本隆明論は渡辺和靖『吉本隆明の戦後――１９５０年代の軌跡』、絓秀実『吉本隆明の時代』、鹿島茂『吉本隆明1968』、ほか多数。

二　歴史認識の特異性

①「共同幻想論」の位相と国家起源論

「共同幻想論」は吉本の代表作と考えられているようである。吉本の死後も吉本信者たちはこの書を中心に吉本論を展開している。独特の文体と鋭利な分析は、吉本の詩人的資質に負うところが大きいのであろう。吉本の詩はうまくないともいわれるが（加藤典洋・高橋源一郎『吉本隆明がぼくたちに遺したもの』岩波書店、二〇一三年）、詩人吉本について論じることは私の手にあまる。私のここでの課題は、この書を中心に、吉本の歴史認識の特異性について考えてみることである。

「共同幻想論」で吉本は、「共同幻想」について、個人幻想（個人意識）、対幻想（家族、男女関係など）、「国家とか法律とか社会とかに属する共同の観念の世界」に三分している。この共同幻想は（マルクス主義の）上部構造といってもよいのであるが、この言葉には既成のいろいろな概念が付着しているから使わないのだと吉本はいう（『共同幻想論』「後記」）。常識的には上部構造と解してよいのであろう。下部構造と切り離されているためにいわば純粋観念論ということになる。

「共同幻想論」をどうみるか、橋爪大三郎の見解を引用しておく（「『共同幻想論』はどういう書物か」『吉本隆明の思想』所収）。「『共同幻想論』からみてとれるのは、吉本氏がかなりおっかなびっくり、こんな着想がありうるのかどうかと、議論の道筋を試作しているとみえることだ。議論は、根拠の詰めを欠いたままの、試論として提出されている。こうした場合、のべられていることの具体的なディテイルは、取り替え可能なものにすぎない」。

「共同幻想論」の最終項目の「起源論」が〈国家〉の起源について論じている。「共同体はどんな段階にたっしたとき〈国家〉とよばれるかを、起源にそくしてはっきりさせておかなければならない」という問題関心から、日本国家の起源について『魏志倭人伝』から説き起こしている。吉本の国家論が日本国家の起源に的を絞るとき、当然ながら天皇制を俎上にのせることになる。

吉本が国家の起源と関連させて天皇制に踏み込んで発言しているのは、『戦後日本思想大系⑤国家の思想』の編者としての解説「天皇および天皇制について」においてである。冒頭に吉本は「〈国家〉とはなにか。理論的にではなく、わたしにとって体験的になにか」、「すくなくとも戦後のわたしにとって〈国家〉は理論的に解きあかされなければならない課題である以前に、うまく通路をつけることができなければどの方向へも脱出することができない泥沼のひとつであった」と記している。吉本は、戦中、戦後の体験をもとに、国家と天皇制について思索を重ねた。

吉本によれば、戦後国民の大多数が天皇制に対する態度を豹変させた。戦時中に「〈天皇（制）〉に収斂された〈国家〉と「臣民」の距離」が拡大した。ただ「〈国家〉は、〈大多数〉の感性にとって、疎遠なものから空気のように身近なものまで包括される幅広い領域とみなされているといってよい。〈国家〉はあるときは種族や民族と同義語であり、あるときは家族や近親をそのまま延長した共同体の概念であり、またあるときは空気のように大切だが、べつだん気にもかからないといった存在である」。

「戦後になって〈大多数〉の感性は、戦争期と逆に天皇（制）の代替物として〈国家〉をかんがえはじめている」と吉本はいう。「しかし、この〈国家〉というのは、かっての〈天皇制〉ほどの魅力（魔力）はもちえないようにみえる」。敗戦後も天皇制は「不問に付される」という形で存続した。ただ天皇制の長い歴史を省みると「〈不問に付される〉という存在の仕方のほうが、歴史的な〈天皇（制）〉にとって常態であった」。「なぜ、〈天皇（制）〉、はそれ自体が政治的権力を行使しえない位相にあった時期でも、一種の名目的な最高〈威力〉の代理物でありえたのだろうか？」。吉本は、この問いに答えるべく、天皇制の歴史的探索をはじめる。宗教的祭儀の主宰者であった天皇制の過去を『古事記』や本居宣長の言説を頼りに遡る。

②一点遡及主義と体験思考

吉本の国家論の特徴は、一点遡及主義とでもいった思考法にある。国家論には多くの視角がありうるが、吉本の場合は起源論という一つの視点から時代をどこまでも遡るのである。「共同幻想論」のなかの「規範論」にも同様の思考の型がみられる。

一点遡及主義といった視角からの日本に限定した国家論は、国家についての多面的考察を妨げ、相対視感覚を排することで、思考の幅を狭くさせる。

通常の国家論は、丸山眞男の「近代日本思想史における国家理性の問題」にみられるように、ヨーロッパにおける主権国家の誕生に焦点を合わせて、日本が「開国」によって「西欧国家体系」に包摂されることになったことに、近代日本国家の起源を見出す。

日本は「開国」によって「開国」のパラドックスに直面した。「ヨーロッパ世界に向かって国を開くということが、同時に、そうした国際社会に対して自己を「閉ざされた」統一体として自覚することを意味した」。みずからのアイデンティティを問うこと、こう言いかえてもよいであろう。丸山は「日本が明治維新以後、どのようにこのパラドックスを解こうとしたか」思想史的にあとづけようとしている。華夷思想の克服過程についての歴史的検討、福沢諭吉の「近代的な国民独立の理念」の形成に注目すること、など。

国家が共同幻想だという吉本の主張にショックを覚えた人がいるようであるが、国際政治の文脈で国家について考えると、国家の在り方も変わってみえる。E・H・カーは『危機の二十年』（岩波文庫、一九九六年。原書は一九三九年）でこういう問いかけを発している。権力と領土が癒着した主権国家の単位が永続するであろうか、と。カーはいう。「歴史上永続するものはほとんどないのである。そして力の領土的単位がその少ないものの一つであるとするのは軽率であろう」。国家についても相対視の視点が不可欠だということである。

もう一つ、ダニエル・ベルの国家観をつけ加えておこう。「国民国家は生存にかかわる大問題のためには小さすぎ、小問題のためには大きすぎる」。「大問題のためには小さすぎるというのは、国民国家には人口移動、エコロジーなどの領域で存在する様々な問題に関し、これを調整する指導がないということです。一方、大きすぎるというのは、国民国家の集権的な権力は地域ごとに異なる要求を実現することができないという意味です」（前掲『東欧革命』）。

吉本の思考の特徴についてもう一点指摘しておきたい。吉本の思考が体験思考に基礎をおいているという点である。国家とは何か。吉本がみずからの体験から説き起こしていることは、前述した。吉本の体験思考は、天皇制をめぐる論議に典型的に表れている。

吉本は自分たちの世代の「天皇制体験」について、「もうはじめから神聖天皇の雰囲気のなかに入っていたわけです」と語っている。そして、それに加えて、天皇に対する自分の感性が下層の大衆と一致していたとしている（『天皇制の基層』）。

吉本の体験思考の特徴は、みずからの体験（しばしば誇張されているが）を絶対視し、自分が時代を代表しているかのような発言を行う点に認められる。個人的体験をなぜ一般化できるのか。吉本の論拠は、自分が下層の「大衆」と共通基盤に立っていたので多数派であったからだという。吉本がほんとうに下層の大衆の一員であったのかが問われなければなるまい。

戦時下の吉本は下町のエリートであった。旧制の米沢高工から東京工大に進学し、そこで敗戦を迎えた。吉本の学歴は、貧乏人の子弟から見れば、まさに高嶺の花であっただろう。しかも高工の仲間の多くが入営するなかで、兵役を逃れる大学進学の道を選んだのであった（『民主と愛国』）。

戦中に天皇を神聖視していたという吉本は、戦後天皇制「ウルトラナショナリズム」を糾弾する立場に転じた。これも一種の「転向」である。しかし天皇制非難は、吉本には居心地が悪かったのではなかろうか。戦後天皇制打倒を叫ぶ左翼に違和感を覚えたという。象徴天皇制を「大多数」が承認している現状を考えると、理念とは別に（理念としては全否定だとする）自分も「無意識の基盤としてそれを受け入れている」と語っている（『天皇制の基層』）。要するに、大衆の大多数が天皇制を承認しているのだから、それでよいではないかというのである。また天皇の戦争責任に関して「天皇を裁判にかけるかどうかってことは、どんな時代がきたって問題にならない。それからまたどんなかたちで政治的な革命が行なわれたとしても、そういうことは問題にならない」と明言している。(『天皇制の基層』)。革命主義者吉本隆明の発言である。戦後民主主義は打倒すべきであるが、天皇制は尊重されなければならないというのであろうか。

吉本が大衆を方便に使う体験思考は、日中戦争観にも投影されている。日本の侵略だとする説を認めはするものの、「侵略」の定義についての杜撰な話(他国の領土内で行う戦闘行為は「侵略」である)を続けたあげく、満州事変肯定論を述べている。アメリカがカイライ国家「満州国」からの撤退を求めたと非難し、「日本が二〇年も三〇年もかけて積み上げてきた歴史的な歩みをすべて否定するものでした。……そんな要求をのむことは、とうてい不可能だ」「承服できないよ」というのが、当時の一般的な国民感情だったと思います。僕もそうでした」(『私の「戦争論」』)と。一九二四年生まれの吉本は、一九三一年の満州事変、一九三七年の盧溝橋事件について、そのような判断ができるはずはあるまい。あと知恵による発言であって、あるいは発言以前からこのような考えを持ち続けていたのかもしれない。

吉本の詩人的直観を散りばめた『共同幻想論』は、難解であるがゆえに、発表当時新左翼系の学生たちを魅了したという。小熊著が、全共闘学生であった吉田和明の証言を引用している。孫引きになるが、雰囲気を知るための一助として利用させてもらう。「当時の大学では、吉本の著作を「胸に大事そうにかかえて歩く女子学生、男子学生の姿が流行っていた」。「学生たちは内容が理解できなくとも、そこに込められたメタ・メッセージを、「詩でも読むかのように」「心の奥底で感じてしまっていた」」からだ。（『民主と愛国』）。

③フーコーとの対話

吉本の歴史認識を確認するのに格好の素材は、ミシェル・フーコーとの対談を中心に編まれた『世界認識の方法』（中央公論社、一九八〇年）である。吉本のマルクス主義への強いこだわりを語って余すところがない。

吉本は、フーコーとの対談に備えて、接触点として「マルクス主義をどう始末するか、あるいはどう始末しないかという問題をかんがえました。これはじぶんでもかんがえていることですし、またかんがえあぐんでいるところでもあります」と、対談の冒頭で語っている。フーコーは質問に応じて、マルクス主義観を次のように述べている。

一、マルクスの役割は19世紀的なものであって、そこでしか機能しない。マルクス主義の三側面、すなわち科学的ディスクールとしてのマルクス主義、予言としてのマルクス主義、国家哲学または階級的イデオロギーとしてのマルクス主義、この三側面が権力関係と結びついているところが問題である。科学的ディスクール、予言的ディスクールとしてのマルクス主義が演ずる権力のあり方を弱め、減少させる必要がある。

二、マルクス主義というのが一政党、つまり政治的な党派の表現というものと手をたずさえて発揮している権力的関係を弱め、減少させる必要がある。

三、マルクス主義が一つの政党というものの表現としてしか機能していなかったので、その結果現実の社会に起こっているさまざまな重要な問題が政治的地平から排除されたが、それらの問題を浮かびあがらせる必要がある。異議申立や造反の動きなど、新しい反抗の形式によって、これまで論理と政治の両面においてマルクス主義とマルクス主義政党によって独占されていたものを奪い返すことが可能になる。

以上がフーコーの回答の概要であるが、要するにマルクス主義を過去のものとして清算しないとマルクス主義が代表してきた権力関係が変わらず、新しい知的展望が開けないというのである。

吉本はフーコーのマルクス主義観に異議を申し立てている。マルクス主義については「原理的なものと現実的なマルクス主義国家における権力のありようとは、分けてかんがえなければいけないし、別なのではないか」、「まだまだフーコーさんのおっしゃるように政治を貧困にするものとして始末してしまわなくて、マルクスの思想及び歴史的な予言は生きさせることができるんじゃないか」というのが吉本の異議であった。吉本がこだわっているマルクスの歴史的予言は、国家の消滅、階級の消滅という問題である。吉本の国家観についてフーコーは「国家の消滅という概念は、予言としては誤りでしょう」と明言している。また吉本がマルクスからヘーゲルに遡及してふれた歴史哲学に関して、「哲学のみが唯一の規範的な思考だとする考え方を破壊する必要があるのです。そして無数の語る主体の声を響かせ、おびただしい数の体験をして語らせねばならないのです」と、吉本流の「ヘーゲル的な全円性」世界認識へのこだわりに冷水を浴びせている。

吉本は、ヘーゲル・マルクス論議に関して、みずからの思索に必ずしも確信をもっていたわけではないという。こうした思考の通路について「ぼくのなかにある不定性みたいなものにゆきつきます」。「エンゲルスよりもマルクスだ、マルクスに遡行するとさらにヘーゲルだというように遡行してどこまでゆくかわからない。ぼく自身もまさにそういう流れの中に彷徨している感じがします」と語っている。ここにも吉本の一点遡及主義の思考の型がみられるであろう。

吉本は、フーコーに異議申し立てをしながらも、フーコーに高い評価を与え続けた。三十年ものちの吉本の発言であるが、「フーコーはこれからどうしたらいいかという問題をいつでも考えていて、行けるところまで行けということで徹底的にやっています」(『第二の敗戦期』)と語り、吉本のマルクス主義返上かと思わせる発言をしている。しかし、後述するように、実際には吉本は終生マルクス主義の呪縛から逃れることができなかった。

戦後初期から強烈な反ソ、反日共感情(「ソ連や中共や日本社会の硬軟のスターリニズムへの反対」）に凝り固まっていた吉本は、大戦後の世界史の激流を無視するかのような態度を貫いた。世界のそのときどきの激動を視野に入れて世界認識について論じることはほとんどなかった。一九六二年から一九九七年まで長期にわたる時評を収録した『情況への発言』には、世界情勢についての分析はほとんど含まれていない。世界の激変は風のように吉本の傍らを通り抜けていった。

三　情況追随と視座の固定

①情況変化への読み

二〇一二年に八十七歳で他界した吉本は、一九八九年の世界の社会主義体制の全面崩壊、ソ連邦の解体、冷戦の終焉を見届けることができた。世界史の転換を画することになったこの一連の大事件については、長年にわたって世界の激動をすべて折り込み済みであるかのような態度をとり続けていた吉本も、さすがに看過できなかったようである。

まず吉本が冷戦をどう見ていたかであるが、一九六〇年代の中ソ論争についての論評（「模写と鏡——ある中ソ論争論」『模写と鏡』春秋社、二〇〇八年）で、吉本は冷戦構造に二重の「擬制」を認めている。その一つは「資本主義体制」と「社会主義体制」の二つの体制の対立という「擬制」である。フルシチョフ発言に示されているのは、「戦後、予想をこえた高速度で「資本主義」であると「社会主義」であるとを問わず、生産の高度化した機構社会」の「機構的な同位性」である。両体制対立の実質はないという。もう一点は中ソ社会主義同質論である。「中共はまだ高度な生産力をもたない「ソ連」であり、ソ連は、生産の高度化した「中共」であるというほかに、どのような本質的なちがいも見つけることができない」。だとすれば中ソの対立というのも、「擬制」でしかないということになろう。吉本の二重の「擬制」論からは、一九八九年のベルリンの壁の崩壊に始まる社会主義体制の全面崩壊の世界史的意味を問うことなど問題外なのである。

『情況への発言』から断片的な記述を拾うことにしよう。「現在の状況に耐えるだけの理論の研鑽ができていた哲学者など、世界中にひとりもいやしない。……また資本主義は半世紀以上にわたって社会主義「国」と大衆の経済的、政治的、文化的な解放戦争に勝ったかもしれないが、それは社会国家主義や国家社会主義のような国家権力にすぎなかった官僚支配の社会主義に勝っただけで〈社会主義〉に勝ったわけではないし、資本主義自体がそれほどご立派なわけではない」、

「社会主義「国」の敗北が鮮明になったのは、第二次大戦後で、とくに高度資本主義が、先進国でマルクスなどが、体験の兆候も見なかった七〇年〜八〇年代に入ってからだ。…いつか現在の事態がくることをうたがわなかったよ」と、先見の明を誇るかのような発言を吉本はしている。『情況への発言』にはゴルバチョフ改革とその結末についての評言が含まれている。「ソ連邦の解体、ソフト・スターリニズムであるソ連の社会民主主義の解体、国家権力からのずり落ちにまでつきすすんだ」と述べている。「国家社会主義」の解体は不可避であったと言いたいのであろう。奇妙なことに、ここに至っても吉本は、マルクス主義とその理念に基づく〈社会主義〉が実現されるという夢を断念していない。吉本の観念の世界にだけ存在する〈社会主義〉であった。本来〈社会主義〉は、自然成長性に期待できるものではなく、人為的に構築するほかないものである。明確な指針があるわけでもなく（拙著『グローバル化時代の中国現代史』第五章二を参照されたい）、構築のための試行錯誤の過程は避けられないはずである。ところが吉本の革命信仰はこうした漸進思考を受け付けない。社会民主主義について「スターリン主義のソフト化」と呼んで断固拒否している。社会民主主義は当然ながら広義の社会主義に含まれるはずであるが。

吉本は社会主義にこだわりはするものの、長年にわたって前途を見出せないでいた。晩年の対談で（吉本隆明、笠原芳光『思想とはなにか』春秋社、二〇〇六年）、「未来思想」というものはないと語っているのは、将来展望を放棄しているようにもみえる。内外情勢の急変によって、吉本はすでに言葉を失っているかのようである。常に時代の先端を目指していた吉本にとってはゆゆしきことであった。

吉本が言葉を取り戻そうとして注目したのが、時代の流れを表出したマス・メディアであった。一九八四年に福武書店より『マス・イメージ論』を発表している。同書の解説者によると、一九八二年から文芸雑誌に連載が始まり一九八四年に単行本として出版されたそうであるが、「従来の吉本ファンを戸惑わせたのが、吉本が、この作品を境にして漫画、テレビ・コマーシャル、ロックやニュー・ミュージック、椎名誠のスーパーエッセイといったサブカルチャーを大きくとりあげ始めそうしたものの中にこそむしろ「現代」が露出する頻度が高いと断定するに至ったことである」という。要するに詩人的感性で時代の流れを表出しようとする試みなのであろうが、吉本の情況追随の心性の典型といってもよいであろう。

②視座の固定

雑誌『論座』の二〇〇七年四月号で、吉本はインタビューに応えて、マルクス主義観、社会主義観について語っている。吉本が終生マルクス主義の呪縛を脱しきれなかったことを示している。注目すべき点は二つ。一つは吉本の社会主義観である。吉本は、スターリンが権力を掌握したとたんに社会主義を自分が実現したかのように言い始めたと非難したうえで、「だからいまだに社会主義は実現されていないんです」と語っているのは、吉本の社会主義へのこだわりを示唆しているのであろう。吉本は、インタビューでの質問「吉本さんが40～50年前に予想されていた日本という国、社会は、現在の日本という国、社会と比べてどうですか」という問いに答えて、こう語っている。「それはまったく予想外ですよ（笑い）。……こうなるとは思いませんでしたね。社会主義国と資本主義国とどこが違うのか、やってることは同じじゃないかと。平等な社会なんてだれも考えていない。これはもう予想違いです。俺は若いころ、ずいぶん勘違いしていたなあと思いますね。革命が起きて、社会主義を標榜する政府ができて、いろんな施策を整えていけばなんとか社会主義という形になっていくはずだと思っていたけど、それは間違いだった」と認めている。吉本のこの発言は、かって革命幻想を鼓吹したことの誤りを認めたことにもなる。だが吉本には、社会主義体制全面崩壊後の世界の知性の共通認識といってよい唯物史観の公式の破綻や社会主義信仰の終焉という観念はなかった。

注目すべき第二点は、吉本のマルクス主義観である。「アダム・スミスからマルクスまでの、労働価値説と言われる古典哲学、古典経済学の主な著書はみんな読みましたよ。マルクスからはずいぶん影響を受けましたし今も受けてますけど、それ以外からの影響はあまりないですね。ヘーゲルはよく勉強しましたが。マルクスの『ドイツ・イデオロギー』と『資本論』は今も生きています。あとレーニンの『国家と革命』もいい本ですよ。レーニンの思想で今も生きているのは、平等な社会ができたときには国家はないはずだという思想だけですね」と語っている。マルクス主義者吉本は健在であった。

吉本のイデオロギー思考の原点は反スターリン主義ないしスターリン主義批判であった。終生この固定した地点にとどまっていた。これをもとに正・邪の社会主義という視覚で社会主義を捉えるために、フルシチョフからゴルバチョフに至る社会主義世界の変化もスターリン主義とその亜流の動向でしかなかった。吉本のスターリン主義批判は、かっての中ソ論争における双方の修正主義批判を想起させる。吉本の場合「自分でつかんだ実感や理念が正しいんだと考えています」というだけで、論拠を提示することはないので、邪悪な（擬制の）社会主義がなにか明示的でないが、自分のイメージする社会主義以外はすべてスターリン主義一色とみなすことになる。吉本はこの固定した地点から世界を観察していた。

四　吉本思想の分流とその現況

吉本思想から何を引き継ぐべきかという議論が今も続けられている。「吉本隆明を未来へつなぐ」と題する見田宗介と加藤典洋の対談がその一例である。「共同幻想論」を中心に論じられている。難解性を話題にしているが、全体の印象としては、各自が吉本に託して自分の考えを語っている観がある。それでよいのかもしれないが。近年、加藤典洋・高橋源一郎『吉本隆明がぼくたちに遺したもの』（岩波書店、二〇一三年）という書も出版されている。コメントは私の吉本論にゆだねる。

吉本評価をめぐる論議で不思議なのは、吉本の「革命幻想」を問おうとしないことである。例えば、同上書で加藤典洋は吉本の安保闘争時の発言に触れながら、吉本が「革命」について何を語ったか、まったく言及していない。革命主義者吉本、マルクス主義者吉本こそが吉本像の原型であろう。吉本という「思想家」を評価するのにこの点を抜きにするわけにはいくまい。戦後の吉本は、革命幻想を鼓吹し、みずからも「革命」に身を投じることでスタートし、革命幻想にこだわりつつ生涯を終えた。吉本信者は自分の好みで吉本思想を切り取ればよいのかもしれないが。

一九六〇年代の新左翼運動の中から吉本思想の系譜に連なる論客が輩出した。当時ブントと関わりを持っていた学生や学生指導者たちが、今、学者や評論家としてメディアの脚光を浴びている。一九七〇年代に入ってブントをはじめ極左組織が四分五裂するにつれて、運動から「足を洗い」、学問の道に転ずる者が続出した。転身者の共通項は、戦後民主主義（近代主義）批判の姿勢を保っていることと、世界史認識や世界観について語り続けていることである。吉本の亜流の論者という観がなくもない。トニー・ジャットがいうように「時代遅れのマスター・ナラティヴ（大きな物語）―あらゆることについての全包括的な理論―にはもはや居場所などありません」。それにもかかわらずである。（トニー・ジャット『荒廃する世界のなかで』みすず書房、二〇一〇年）

論者は大きく分けて「左」、「右」、二派に分かれる。「左」、「右」、という区分けが今では意味を失っているかもしれないが、二派を分かつ大きなメルクマールは、資本主義の現状に対する批判の有無にくわえて、国家主義に対する距離の置き方も分岐点とみなしうる。

「左」派には、吉本が「ブントくずれ」と呼ぶ柄谷行人のほか、加藤典洋を含めてよいであろう。柄谷は、二〇〇九年にある書評において（絓秀美『吉本隆明の時代』について、朝日新聞三月一日に掲載）、六十年安保闘争で吉本が他の知識人たちを駆逐し、ヘゲモニーを確立したと述べている。この書の著者が、吉本の罵倒によって消された敗者として丸山眞男などの名前を挙げているのに賛同している。柄谷の安保闘争へのこだわりを示すものであろう。

ここで絓の著書について私の感想をひとこと付け加えておきたい。「吉本隆明の時代」が何を意味するかということであるが、安保闘争にはじまる一九六〇年代に吉本が知識人としてのヘゲモニーを確立したのだという。だがヘゲモニーは新左翼運動の中でということであろう。当時の知識人たちの間で吉本は異端であった。当時知識人たちは割合安易に「革命」という語を用いていたが、吉本のように暴力による政権奪取を望んでいたわけではない。絓は「革命的」知識人という語を多用しているが、「革命的」というのは、「神話」でしかない革命を信じているということであろう。二十一世紀に入って（同書は二〇〇八年刊）なお革命を高唱しているのは奇異なことと言わざるをえない。

一九六〇年に大学に進学した柄谷は、「全学連の安保闘争に参加した、いわゆる『安保世代』です」とみずからについて語っている。柄谷は、脱吉本、超吉本を意識しているようであるが、柄谷の思想傾向には吉本との共通性が顕著に認められる。一つは、マルクス主義の破綻を意識しながらも、「大きな物語」を好む傾向である。マルクスがだめならヘーゲルを、ヘーゲルがだめならカントをと、理念を追い求め、世界史把握を試みる。二つめは、目の前の世界の激動に比較的無頓着なことである。なんとなく読み込み済み、という感覚でいるらしい。第三に、政治、経済、思想、文化、それぞれの次元の違いを区別しないことである。「文学は政治から自立した立場だ、というような通念を否定したかった」と柄谷は主張しているけれども（柄谷行人『政治を語る』図書新聞、二〇〇九年）、それは行動の場でのこと。思考や論理の次元での混在が吉本思考の特徴である。

柄谷は、脱マルクス主義、ポストモダンの洗礼を経て、マルクス主義が国家の死滅を想定したことの誤りを認めて、国家をみずからの理念に取り込もうとしている。「現在の社会構成体は、資本＝ネーション＝国家なのです」としたうえで（柄谷の独自の概念、資本が国家の枠に収まるとは私は思わないが）、実現すべき理念として、第一に「国家権力に頼らずに、資本制でないような経済を作り出すこと。協同組合、ＮＰＯ、地域通貨、その他さまざまな非資本主義な形態を作り出す」ことを挙げている。それに加えて第二に「国家を抑制するには、それらを「上から」抑制するような体制を作るしかない。そのために国連のような機関を強くしていくという方向しかない」とする（『論座』二〇〇七年四月号掲載の柄谷論文のほか、『柄谷行人政治を語る』を参照されたい）。

加藤典洋は、「大学で全共闘の暴力学生であった」とみずから語っている。間違ったことをしでかしたのに責任をとろうとしない国や官僚に対する怒りが、「基本的な既成社会への「反発」となり、学生運動（私の場合は全共闘運動）への「共感」の基礎となったような気がするし、その学生運動が一転、狭隘で人を委縮させる左翼的＝新左翼的な「正義」の振りかざしへと変わっていったときに、そこに出現した貧血的あり方への警戒と嫌悪が、転換の契機になったとしている。理解に苦しむのは、「戦後民主主義的な「正義」の思想への「反発」が、その後、私がものを書いていくときの主要な動因に育っていった」と、戦後民主主義に非難を浴びせていることである（『ふたつの講演　戦後思想の射程について』岩波書店、二〇一三年）。「安保世代」の共通感覚であるとみてよいのかもしれない。

加藤が一九九七年に出版した『敗戦後論』（講談社、一九九七年）は、戦後勉強の成果とみなしうる。戦後生まれの世代にとって体感としての戦後はない。「移入思想」のポストモダンに注目するのも時の流れに沿うものであった。この思想の進展が語るものは「マルクス主義という『大きな物語』自体に失効を宣告する一方で、それに付随してきた資本制システムと国民国家体制への否認の意思のほうは、これを別様の仕方で生き延びさせる方向へと、歩を進めていったことです」と見て、「反資本、反国家、では、対応できない問題として、未来の消滅という現実」をあげて、「資源、環境、人口といった地球の有限性」を強調している。吉本分流左派の現在の位相である。

一方、「右派」には、「真正の保守派」に転じた西部邁のほか、佐伯啓思らがいる。

六十年安保闘争でブントの副委員長に送り込まれた西部は、体当たり派とでもいおうか、まず運動の渦中に飛び込み、考えるのはあとから、という過激派学生の典型といってよいのであろう。

しかし後年の回想記では、革命が幻想であることを知りつつ闘ったと証言している。「ブントの過激さとは、二年近くの短い期間であったとはいえ、革命を幻想と知りつつ幻想してみた軽率さのことであり、そして軽率を一種の美徳とみなした腰の軽さのことである」と記している。西部は、未決で拘留され、五ヶ月後に保釈で出たあと、「戦線逃亡」を宣言したという（西部邁『六〇年安保――センチメンタル・ジャーニー』洋泉社新書、二〇〇七年）。学会に転じた西部は、右派の論客として多数の書を刊行している。激動の時代「転向」は日常的な現象であった。

佐伯啓思はみずからを「全共闘シンパのノンポリ」であったと認めている。「私が比較的シンパシーを持った全共闘的なものというのは、一つはやはり戦後の民主主義の欺瞞、民主主義とか高度成長とか、プラスとして評価されていた体制的なものに対する、なにか得体の知れない憤りというか、こんなものはインチキだという感じです。そういうものをつき崩すには一種の暴力運動、ゲバルトしかないんだという心情には共感を覚えました」と語っている。

佐伯は、その一方で、近代主義、進歩主義を厳しく批判している。進歩主義として佐伯が念頭に置いているのはリベラル・デモクラシーやマルクス主義である。マルクスよりもニーチェだという。八〇年代のポスト・モダンも、「左翼主義を濃厚に引きずった形でニーチェ、ハイデガー的な問題を押し出した」。そのため批判そのものが近代主義の延長で、ポスト・モダン論議は左翼主義的な文脈を脱色しなければならないと主張している。

佐伯は、戦後民主主義は誤解されているという。民主主義イコール反権力主義、反国家主義と解しているのは、占領政策の影響による。「民主主義が機能するには、まず基本的に国家の存在を認め、自分たちは国家の構成人員であって私的利害から離れた公的関心をもつことが一つの前提になる。その場合、国家に対するコミットメントをとりあえず愛国心と言ってよい」。愛国心礼賛であるが、それに加えて「国防ぬきの、あるいは国家意識ぬきの日本的デモクラシーと高度成長という変則的なものも可能だったんですから、その全体、つまり戦後日本の構造そのものを見直していかないとだめですね」と語っている。現在の日本主義者の位相である（「戦後民主主義とは何だったのか」『現代日本論――戦後社会を超えて』所収）。

佐伯に『現代日本のリベラリズム』と題する書（講談社、一九九六年）がある。この書は、「市場競争神話の崩壊」や「グローバリズム思考のあやまち」といった主張を展開し、一種の資本主義批判の書となっている。保守主義的視点から資本主義の行方に懸念を示しているようにみえる。とりわけ八十年代の「新自由主義」によって伝統と国家が破壊されたことに強い憂慮を示し、対策としての提言には国家主義への著しい傾斜がみとめられる。「日本人は、とりあえず日本人であることの宿命を引き受けざるをえない…国家が解体したり衰弱すれば、個人も空中分解してしまうであろう」と述べている。常識的な発言であるようにもみえるが、この書の資本主義批判が右派観点からのものであることがわかる。近年の政治の右傾化を支える流れと合致しているのではなかろうか。

終章　「永久革命」としての戦後民主主義

団塊の世代は内ゲバ世代である。内ゲバに興奮と失望を味わったこの世代の人たちの中には、内ゲバ時代に郷愁を持ち続けている人がいるかもしれないが、ゲバ棒を振り回す時代が回帰すると思っているわけではあるまい。だが戦後民主主義への不信感をとどめている人は案外多いのかもしれない。こういう人たちも、平和憲法と戦後民主主義に守られて人権や言論の自由を保障され、投票権を行使しているのであるが、戦後民主主義の何たるかを問わぬまま現行政治への閉塞感を募らせているとすれば、政治改革の行方は混沌としてくる。

戦後再考の書が人気を呼んでいるようである。これも戦後史ブームの一環なのであろう。しかし最近の執筆者はほとんど戦後生まれの人たちである。なかには一九七〇年代生まれの論者も登場している。安保世代の子供の世代である。こうした論者にとっては、冷戦の時代も、社会主義体制の全面崩壊も、はるか彼方の出来事でしかないだろう。敗戦後を論じる戦後生まれの論者たちのあいだでさえ、世代間格差が生じているようである。

戦後生まれの世代で敗戦に焦点を合わせて戦後論を語ったのは、加藤典洋の『敗戦後論』が最初ではなかろうか。「暴力学生」であったという加藤の安保後の思索の経路と現在の世界認識についてはは先述した。その加藤が、『ふたつの講演——戦後思想の射程について』（岩波書店、二〇一三年）のなかで、戦争体験をめぐる問題について次のように語っている。「戦争体験をいかに伝えるかという形の命題は、バトンを渡す側のイニシアティブで提示された課題ですね。でも、いまバトンをもっている人、バトンを受け渡す側の人はやがて消えていきます。ですからそれは、今後、戦争体験をいかに受けとるか、という受け取る側のイニシアティブに立った課題に、作り替えられなければならない」のだと。

『敗戦後論』は、「戦後を受け取る側のイニシアティブをもって、戦後の問題を考えればどういう問題がせりあがってくるかについて考えたもの」と加藤は述べている。このような視点との関連で加藤は、日本でいつまでも戦後、戦後と言い続けているのは何故か、という問いを発する。「一つにはアジアとの信頼関係の構築がいまだにできていないためであり、また、最近の沖縄の普天間基地移転問題が示すように、戦後に日本が置かれた非独立の態勢がいまなお続いているから」だという。この見方は世代に関係なく広く共有されており、おそらく常識といってよいだろう。続いて加藤はいう。「いまもなお戦後思想が私たちにとって問題だというのは、戦後の遺産のいくつかがなおも続いていて消え去ろうとしないからだという理由からではありません。その逆に、戦後という時代が、確実に、去って行くからです」(『敗戦後論』)。

実は最近、戦後が確実に去っているのではないかと疑わせる、加藤の発言を目にする機会があった。朝日新聞（二〇一四年四月十一日）に掲載された「敗戦の「ねじれ」に向き合って」と題する文章（加藤とのインタビューをもとに構成）を目にしたときのことである。加藤によれば、日本が東アジアで孤立しているのは、日本が戦後しっかりと謝罪をしてこなかったからだという。

この点はリベラルなメディアもしばしば言及しており、私も同感である。それではなぜ謝れないのか。敗戦の事実をしかと受けとめず、敗戦で日本が背負った「三つのねじれ」に対処できないからだとしている。三つの「ねじれ」とはなにか。間違った戦争をしたことを認めたがらないこと、平和憲法の外来性を克服できないこと、天皇の戦争責任不問、この三つが残されたままで謝れないのだと加藤はいう。私が気になるのは、加藤の戦争観、「民主主義対ファシズム」を間違った戦争の根因としていることである。太平洋戦争における英米の理念、イデオロギーの相対的な優位はここでは問題ではない（戦争の性格規定についての竹内見解に対する久野の異論は本文中に記した）。問題なのは英米相手の戦争と対中侵略戦争を区別せず、謝らなければならないのが中国であることが明記されていないことである。戦争といえるかどうかさえ怪しい日本軍国主義の暴虐で中国に対して甚大な人的、物的損害を与え、中国人に対してたいへんな精神的苦痛を強いた「戦争」であった。日中戦争についての基礎知識と既知の史実は、世代を超えて継承されなければならず、それには「受け手の側」世代の責任が重要である。確認できる史実というのは単なる「見方」の問題ではない。加藤の戦争発言は、侵略戦争規定をめぐる紛糾を避けようとしたのではないかと疑われる。歴史認識の継承の難しさ、歴史教育の重要性を、改めて思い知らされた感がある。

『永続敗戦論――戦後日本の核心』と題する書（白井聡著、太田出版、二〇一三年）が若い世代の間で人気を呼んでいるようである。著者の白井は一九七七年生まれということなので、世代実感は一九九〇年代以降の日本の長期低迷時代ということになろう。著者の主張は、「敗戦後」など存在せず（加藤典洋説の否定？）、「敗戦の帰結としての政治・経済・軍事的な意味での直接的な対米従属構造が永続化される一方で、敗戦そのものを認識において巧みに隠蔽する（それを否認する）という日本人の大部分の歴史認識、歴史的意識の構造が変化していないという意味で敗戦は二重化された構造をなしつつ継続している……敗戦を否認しているがゆえに、際限のない対米従属を続けなければならず、深い対米従属を続けている限り、敗戦を否認し続けることができる。かかる状況を私は「永続敗戦」と呼ぶ」のだという。

この書について詳述する余裕はないので、私の感想として若干のコメントを記すだけにとどめたい。

最初に断わっておくが、安倍晋三右派政権の改憲・軍備増強路線に対する批判については大筋で異論はない。たぶん世代感覚とはあまり関係はないだろう。

この世代を一九九〇年代世代と呼ぶとすれば、この世代だからこそと思える戦後史観が私には気になる。この世代は実体験としては日本の長期低迷時代しか知らない。六十年以上に及ぶ戦後史はたいへんな激動の時代であった。今では戦後史再考をこの世代が担うのは当然ではあるが、世代ギャップを埋めるのが至難であることを改めて感じさせられた。

一、対米従属が誰の目にも明らかなのは、米軍の駐留であろう。日米軍事同盟が平等でないことは断るまでもあるまい。沖縄問題だけではない。時おり新聞に、米軍が戦後占領し続けてきた通信施設などの返還が報じられるが、これが占領継続の何よりの証拠である。日米間の防衛協定、地位協定が法的根拠であるのではなく、協定そのものが占領政策の延長なのである。しかし、敗戦を否認しているから対米従属が続いているのではない。米軍駐留がむしろ敗戦を想起させるのである。日米軍事同盟は将来的には廃棄されるべきだと私も考えるが、論議を深める必要があろう。これはすぐにでもできる。

二、戦後日本の経済発展がめざましかったことは誰もが知っているが、戦後日本の近代化も長足の進歩を遂げた。民主化の歩み一つをとってみても、一九六〇年に安保闘争という試金石を乗り越えた後、表面からはみえにくいが水面下で変化は続いた。ただ日本では、自民党の長期政権が続いて、ヨーロッパ的保革対決の構造がみられないので、変化が不透明であるが。白井のいう「検閲によって統制されたかたちで始まった戦後民主主義が、正義の基礎、戦後日本の思想的基盤であることなどありえない」というのは、「与えられた民主主義」からスタートした戦後民主主義の「永久革命」としての前進を理解できないからであろう。民主主義に完成品はない。

三、「失われた二十年」を背景に、保守とリベラルの双方が「戦後レジームからの脱却」を称えている。安倍晋三右派政権のめざす方向は、「富国強兵」と改憲である。分かりがよい。ところがリベラルや左派は目標を提示できないでいる。未来志向の混迷も関わっているであろう。白井の場合、戦前、戦中、半世紀以上にわたる戦後、これらをごったまぜにした議論を展開しているが、「国体論」についてはせめて丸山眞男著を参照してもらいたかったと思う。一九九〇年代世代には激変した戦後史の再学習が望まれる。

四、対米従属に関しては、孫崎亨の著書、編著（『戦後史の正体――1945-2012』創元社、二〇一二年。『終わらない〈占領〉――対米自立と日米安保見直しを提言する！』法律文化社、二〇一三年）が参考になる。この機会に、やや長くなるが私のコメントを記しておく。まず『戦後史の正体』であるが、『戦後史』の正体は「「対米従属」路線と「自主」路線、このふたつのあいだでどのような選択をするのかが、つまりは戦後の日米外交だったといえます」。「多くの政治家が「対米追随」と「自主」のあいだで苦悩し、ときに「自主」路線を選択しました。歴史をみれば、「自主」を選択した多くの政治家や官僚は排斥されています」という。そしてこの視点をもって、敗戦から二〇一二年までの日米関係の内幕を採り上げている。ただ外務省高官にしては（高官だからこそ？）機密情報的な資料が用いられていないのが物足りない。また孫崎の戦後史観そのものにも問題がありそうである。『終わらない〈占領〉』の方に収録されているマコーマック論文「属国問題」（第二章）が以下の指摘をしている。その一つは、『追従―自主路線という方式を戦後期全体に適用すると、追従と自主を分かつ定義や移行過程が曖昧になる。確かに一九六〇年と九〇年、二〇一〇とでは「追従」の意味合いも表現も違う」という点である。そしてもう一点は、「官僚機構だけに焦点を絞り、特に一九六〇年の安保改定反対運動など、大衆の抵抗運動を過小評価している」としている。要するに、「対米従属」も時期によって変化しているし、大衆の動向など国内要因にも考慮すべき点が少なくないということである。同編著にはまた、「日米地位協定にみる日米関係」と題する論説（第七章）が収録されている。この論者によると、国会答弁用に作成された外務省機密文書「『日米地位協定』の考え方」が、「敗戦国とはいえ、講和条約の締結・発効で「被占領国」ではなくなった日本国内に、かっての占領国軍隊が引続き駐留するという屈辱的な状態を「友好国の軍隊が平時においても駐留するのは一般的」」と強弁しているものの、言外にその問題性を示唆しているのだと論者は指摘している。「機密文書の言い回しからも平時の外国軍隊の駐留に対する矛盾や問題点を外務省も認識していることがうかがえる」としている。実質的な占領の継続は、単なる「従属」ではなく、占領の陰をいまだに引きずっているのである。

戦後日本の近代化の行方と民主化の将来展望について私見を述べることで締めくくりとしたい。戦後民主主義は「与えられた民主主義」の地点からスタートした。戦後の広い範囲にわたる代化努力のこれはその一端である。

丸山眞男が復員後最初に発表した文章「近代的思惟」で、戦時期の「近代の超克」論議を批判して、「我が国に於いて近代的思惟は「超克」どころか、真に獲得されたことすらないと云う事実はかくて漸く何人の眼にも明らかになった」と述べていることは、よく知られている。「近代の超克」については加藤周一も厳しい批判を浴びせている。「近代の超克」座談会に参加した人たちのなかに、シュペングラーの『ヨーロッパの没落』などを読んで、「ヨーロッパ人自身が近代は破産したといっている、だから、その代わりに日本が指導者になって、近代の超克、つまり近代の先の新文明を作るという議論をしたのです」。ところが「日本のほうは、近代の先にでるといっても、国内の状態を見渡すと、いろいろな点で近代以前です」。土地制度や農業人口が労働力の半分以上といった状態など、「日本は半近代」である。「半近代国家が近代が行き詰まった先の社会を生み出すということはどう考えても無理でしょう。本当の思想的課題は、近代との対決ではなくて、日本の近代以前の名残をどう処理していくかということです」(「「近代の超克」座談会について」『私にとっての20世紀』所収)。

「近代の超克」座談会から半世紀以上を経て、西洋近代への負い目からか、反近代主義的流行観念に敏感な日本人識者は、ポストモダンが常識であるかのような議論を展開している。「過去とは明らかに本質的に異なる時代に生きている」という限りにおいてポストモダンと呼んでもよいのかもしれないが、問題なのはその中身である。今世紀の初頭以来ヨーロッパを中心に「近代」の破綻が称えられ、西洋の没落が論じられる傾向がみられたが、だからといって日本がヨーロッパにとって代わって世界をリードするのだという議論はみられない。我が国における「近代化」の現状と行方をどうみればよいのか。

英国のブレア労働党政権の「第三の道」を理論面で支えたアンソニー・ギデンズに『近代とはいかなる時代か?——モダニティの帰結』と題する書がある（而立書房、一九九三年）。ギデンズは、ポストモダニティを称えるのではなく、「モダニティの徹底化」が進行していると主張している。

ギデンズによれば「「モダニティ」とは、およそ一七世紀以降のヨーロッパに出現し、その後ほぼ世界中に影響が及んでいった社会生活や社会組織の様式のことをいう」。「われわれは新たな時代の幕開けに立ち会っている」が、「われわれは、ポスト・モダニティの時代に突入しているのではなく、モダニティのもたらした帰結がこれまで以上に徹底化し、普遍化していく時代に移行しようとしているのである」とする。そして「近代的制度が世界中にますます拡大している反面、ヨーロッパないし西欧の有した世界規模の覇権が徐々に衰退しているのは、明らかにモダニティの徹底化にともなって生じた重要な影響のひとつである」。それというのも「モダニティは、本来的にグローバル化していく傾向がある」からだ。「グローバル化は、西欧の諸制度を世界中に浸透させていっただけでなく、その過程で他の文化を押しつぶしてきた。グローバル化——一体化していくと同時にばらばらに分裂していく、均一でない発達過程——は新たなかたちの相互依存関係をもたらし、そこにおいては、繰り返していえば、もはや「別の人たち」は存在しない。こうした世界的規模の相互依存関係は、地球規模での安心状態が生ずる可能性を広範囲に増進させていくと同時に、今までにないかたちのリスクや危険性を生み出しているのである。モダニティは、このグローバル化という観点からみた場合、はたして西欧に特有なものであろうか？そうではない。新たなかたちの地球規模での相互依存性や地球の一員であるという意識が出現していると、この論考で論じてきた以上、モダニティは西欧に特有のものではありえない。とはいえ、こうした今までにないかたちの相互依存性や意識の問題に取り組んだり対処していく方法は、当然、非西欧的環境に由来する概念や戦略を必要としていくであろう。（中略）世界の文化の多様性を考え合わせれば、こうした近代の諸制度には、さまざまな文化的対応が可能である」（216頁）。

私は、ギデンズの、現代がモダニティの徹底化の時代だとする見解に賛同したい。西欧起源のモダニティが世界を制覇したことは認めざるをえないだろう。だがモダニティがもたらしたグローバル化の時代は、一方で西欧の衰退をもたらし、他方、非西欧世界の自己主張が強まるとともに多様な文化を背景に各国が近代の諸制度の土着化を模索しているように思われる。現在の世界にモダニティの統一モデルは存在しない。

モダニティをいち早く取り込んだ非西欧世界の日本は、政治、経済、社会の各分野でほぼ先進国並みの水準に達している。経済や先端技術の分野では世界をリードする位置にある。社会面では、社会保障制度は先進水準にあるが、女性の社会進出や移民の受け入れなど遅れている面が少なくない。問題なのは政治である。民主主義は制度、運営、ともに立ち遅れているように思われる。顕著なのは、既得権益擁護の保守党と、格差社会に対応して弱者の利益を擁護するリベラル左派の政党、という二大政党制が定着していないことである。日本になぜ社会民主党（中道左派政党）が存在しないのか、そのことは日本の政治の後進性を意味するのではないのか、論議の深まりを期待したい。なお、英国の二大政党制に最近翳りがみられてるというが、多党化の現実は地方分権化の趨勢に沿うものであるように思われるが、どうであろうか。

民主化問題を考えるうえで留意すべきことは、民主化に終着点はないということである。同じくギデンズの書『第三の道――効率と公正の新たな同盟』（日本経済新聞社、一九九九年）は、「民主主義の民主化」の章を設けている。何世紀にもわたって民主主義の追求で先端を歩んできた英国においてもなお、民主化が求められているのである。「国家のあり方や政府の正統性を揺るがしているのは、グローバル市場の勃興と、大規模戦争の可能性の低下だけではない。もう一つの要因は、ほかでもない民主化の広がりである。伝統や慣習が影響力を失いつつあることと、民主化の広がりは、表裏一体の関係にある」。「民主主義の危機は、民主主義が十分に民主的でないことに由来する」（125頁）。「民主主義の民主化」の提言として、ギデンズは、中央から地方への権限移譲、公共部門の刷新、行政の効率化、直接民主制の導入、リスクを管理する政府、上下双方向の民主化、という六項目を挙げている。内容について概説しているものの、いずれも固有の複雑さを内包していることを認めている。

日本における戦後民主主義の定着に向けての模索は、革命主義者が戦後民主主義の破綻を宣告した頃本格化した。まさに丸山眞男のいう「永久革命」としての民主化の過程が今日に至るまで続いているのである。日本の民主主義は、後進性の克服と、「民主主義の民主化」という二重の課題を今なお抱えている。

おわりに

日本人は「革命」という語が好きである。革命がロマンだと思っている。革命の現実は、農村に基盤を置く前近代の王朝支配体制を階級的暴力によって打倒する人民の闘争であって、しばしば皇帝一族の生命が奪われ、支配階級の大量の血が流される。すべての民衆が動乱の渦中に投じられ、長期にわたる人々の苦難の日が続く。民衆の中にも多数の犠牲者が出る。革命を契機として時代が大きく変わるのは事実であるが、革命後の道が平坦なわけではない。革命をロマンと見做すことなどとんでもない間違いである。

日本では、第二次大戦後も革命幻想がもてはやされ、それが今日まで続いている。吉本隆明の革命幻想の鼓吹へ内ゲバ世代を中心とする共鳴にみられるとおりである。革命が社会主義と無縁であるかのように語られるのもまた特殊日本現象である。先進諸国では他に例をみない。

言論界を覆う知的混沌、知的混迷の中、とりあえず知的集積、知的共有からスタートするほかないと前言に記した。知の集積は内外の知でなければならない。二十一世紀に日本だけの知などありうるはずもない。世界を見渡して知の現在を確かめることが、とりわけ重要である。日本の戦後思想再考も、明示的であると否とにかかわらず、世界の思潮の流れの中で考察されなければなるまい。

本書の出版を株式会社教育評論社が快諾して下さったことに、心からお礼を申し上げる。知の集積、知の共有のために、そしてまた日本の知的前途を見通すために、本書の戦後思想史解明は絶対に欠かせないものと筆者は信じている。読者のご批判を仰ぎたい。

教育評論社で編集を担当して下さった久保木健治さん、小山香里さんほか編集スタッフの皆様に深謝したい。面倒をおかけしました。

二〇一五年六月吉日

小林　弘二

〈著者略歴〉

小林弘二（こばやし　こうじ）

1934年福岡県生まれ。1958年京都大学法学部卒業。1959-1993年アジア経済研究所（現、ジェトロ・アジア経済研究所）勤務。1965年4月-1967年3月アジア経済研究所の海外派遣員として香港に滞在。1977年4月-1979年3月、スタンフォード大学のvisiting scholar。1993-2002年、関西大学法学部教授。

主な著書として、『グローバル化時代の中国現代史 1917-2005 －米・ソとの協調と対決の軌跡』（筑摩書房、2013年）。『中国革命と都市の解放－新中国初期の政治過程』（有斐閣、1974年）。『満洲移民の村－信州泰阜村の昭和史』（筑摩書房、1977年）。『対話と断絶－アメリカ知識人と現代アジア』（筑摩書房、1981年）。『二〇世紀の農民革命と共産主義運動－中国における農業集団化政策の生成と瓦解』（勁草書房、1997年）。『現代中国の歴史 1949～1985 －毛沢東時代から鄧小平時代へ』（共著、有斐閣、1986年）。など多数。

戦後日本の知識人は時代にどう向き合ったか

二〇一五年六月二十八日　初版第一刷発行

著　者　小林弘二

発行者　阿部黄瀬

発行所　株式会社　教育評論社

〒一〇三－〇〇〇一

東京都中央区日本橋小伝馬町12－5 YSビル

TEL〇三－三六六四－五八五一

FAX〇三－三六六四－五八一六

http://www.kyohyo.co.jp

印刷製本　萩原印刷株式会社

定価はカバーに表示してあります。

落丁本・乱丁本はお取り替え致します。

ISBN 978-4-905706-94-6